梦想北大丛书

圆梦北大
练就超强学习力

北京大学招生办公室　组织编写

黄宗英　主　编

北京大学出版社
PEKING UNIVERSITY PRESS

图书在版编目（CIP）数据

圆梦北大：练就超强学习力 / 黄宗英主编. —北京：北京大学出版社，2023.7
（梦想北大丛书）
ISBN 978-7-301-34218-3

Ⅰ. ① 圆… Ⅱ. ① 黄… Ⅲ. ① 中小学生 – 学习方法 Ⅳ. ① G632.46

中国国家版本馆CIP数据核字（2023）第130075号

书　　　名	圆梦北大：练就超强学习力
	YUANMENG BEIDA：LIANJIU CHAOQIANG XUEXILI
著作责任者	黄宗英　主编
责 任 编 辑	温丹丹　李　晨
标 准 书 号	ISBN 978-7-301-34218-3
出 版 发 行	北京大学出版社
地　　　址	北京市海淀区成府路205号　　100871
网　　　址	http://www.pup.cn　　　新浪微博：@北京大学出版社
电 子 信 箱	编辑部：zyjy@pup.cn　总编室：zpup@pup.cn
电　　　话	邮购部 010-62752015　发行部 010-62750672
	编辑部 010-62704142
印 刷 者	三河市北燕印装有限公司
经 销 者	新华书店
	650毫米×980毫米　16开本　14印张　186千字
	2023年7月第1版　2023年7月第1次印刷
定　　　价	58.00元

编　委　会

序　言

　　大学是人类文明的灯塔。1898 年，北京大学的前身——京师大学堂成立于救国图存的变革中，标志着中国现代大学制度的诞生；一百多年前，北京大学成为新文化运动与五四运动的中心与策源地。从此，北大就与国家和民族的命运紧密相连。正如美国哈佛大学教授杜维明先生所说："作为文化中国的象征，其实北京大学早已成为了世界一流大学。因为世界上再也找不到任何一个国家的任何一所大学，能够像北京大学这样和国家、民族的命运结合得如此紧密，息息相关。北大对于中国的意义远远超过了哈佛之于美国、牛津与剑桥之于英国的意义。"一代代北大人不忘初心，牢记使命，用思想和行动投身于国家发展、民族复兴、社会进步的历史伟业。

　　一时有一时的趋向，一校有一校的风尚。无论时空如何变迁，对于一所大学而言，精神、文化和人格所构成的学校传统都是不变的。北大是极广大的，她开放包容，连接着民族的过去和未来，沟通着中国与世界，展现出海纳百川的气度。每个在此学习的青年都能找到适合自己发展的方向和路径，开辟出崭新的人生境界，书写出属于自己的北大传奇。建校一百多年来，北大在国家的独立和解放、民族的振兴和发展、科学技术的进步以及思想文化的创新中所起到的先锋和引领作用，使她的象征意义远远超出了一所为社会培养人才的高等学府，更作为中国知识分子的精神家园而独具一种让人魂牵梦萦的魅力。这种魅力每年吸引着全国高考选拔中脱颖而出的佼佼者，他们胸怀梦想，筑梦燕园，通过奋力拼搏，最终梦圆北大。

　　"梦想北大丛书"始于 2008 年，它收录的所有文章正是由这些即将踏入燕园寻梦的优秀高中毕业生及他们的家长所写。这些文章或畅谈自己的"筑梦之旅"，体现了莘莘学子对北大的热烈向往和不懈追求；或介绍自己独特的学习习惯和学习方法，展现自己的"超强学习力"；或介绍中学各个学科的学习思路、备考技巧、提分策略等，轻松实现学科进阶；或由这些学生的父母介绍自己倾情陪伴、身教言传的教养经验——孩子考上名校并非偶然，有心的父母才能教育出优秀的孩子。孩子们在文章中述说青春人生的积极感悟，求学道路上的种种艰辛。他们感恩父母，感恩老师，感恩眼前蓬勃的生活，感恩脚下丰厚的热土。这些文章稚嫩中饱含着真情，平实处又不乏精彩。家长们则在文章中尽情地传授各种成功的家教秘籍。

北大是筑梦之地，她能激发你的潜能，启发你的天赋，把你推向梦想实现的命运高峰。但大学对人的塑造绝不仅仅在于知识的传授，更在于文化的传承和精神的传递。北大不仅拥有顶尖的师资、众多一流的学科和美丽的校园，更拥有兼容并包、自由多元的校园文化氛围，她有能力为你的人格完善和个性发展提供最广阔的空间，帮助你成为一个有责任、有灵魂、有智识、有品格的人。

百余年来，北大历经风雨，但"爱国、进步、民主、科学"的传统从未因时光的磨砺而褪色。来到北大，每个人都会感到肩上多了一份沉甸甸的担子，那就是民族的振兴与国家的昌盛。在这里，民主与科学作为不熄的火炬，引领着同学们的学习与成长，也激励着同学们将它发扬光大，并传播开来，传递下去。

亲爱的同学们，美丽的燕园正盼望着你们的到来，盼望着你们自豪地接过这支火炬！

"梦想北大丛书"编委会

本书配套资源

为了让读者进一步了解北大学子的学习生活，我们收集了读者感兴趣的热点问题，录制了相关视频，扫描右侧二维码即可观看。本书采用"一书一码"的形式，相关资源仅供一个人使用。

读者可加入"筑梦燕园学习交流群"（QQ群号：562571128），与同学们沟通交流。

圆梦北大：练就超强学习力
请刮开后扫码获取数字资源

本码2028年12月31日前有效

目 录

第一篇　勤于思考：助你成为学习高手

　　——怎么做一个独立自主的学习者

　　俗语云："师傅领进门，修行在个人。"事实上，我们自己才是学习的主体。我们要时常问问自己：为什么而学？学什么？怎么学？只有弄清了这些关于学习的诸多大问题的答案，我们才算是一个合格的独立自主的学习者。

　　"学习即生活，生活即学习"，这句话是对我的学习观念的一种阐释。在我看来，只有把学习融入生活，用生活激励学习，将学习视为提升小我、发展大我的路径，我们才能做到乐于学习，发掘并享受学习的乐趣，而不是仅仅将其看作大学的"敲门砖"，甚至是学校强加于身的任务。

3 以理性与思考驱散疑惑 ························· 19

　　海涅曾言："照耀人的唯一的灯是理性。"在高中时期，我也曾对难度不断提高的数学、像极了玄学的文综感到疑惑，而当我举起理性这盏明灯，我发现所有乱麻都被梳理开了。当我开始独立思考，我的所有问题都迎刃而解了。

4 将自己作为方法 ······························ 27

　　准备高考需要我们成长为独立的、自由的和具有创造力的新青年。当代人的生活不是一个机械的技术性过程，而是一个不断选择和作出决定的过程。高考选拔出的学子不仅应当具备一定的专业知识，更应具备独立思考和判断的能力。我们不仅要对具体的题目、科目保持独立自主的态度，还要将独立思考贯穿于整个人生。

5 风吹山角晦还明 ····························· 35

　　时代的焦躁、功利主义的浪潮席卷人心，我也颇受此风气的浸染和毒害。我以为，少年不可将万能公式、答题模板视为得分利器。对于学习，我们应当常怀一颗赤子之心，多一分真诚和热爱，就多一分乐趣与收获。

第二篇　合理规划：让学习有效、生活有闲

6 浅谈高中学习经验与方法 ···················· 45

　　大家要清楚地知道自己在每个阶段要达成的目标是什么、自己在不同阶段的优势与劣势是什么、自己要通过什么方式攻克自己的薄弱点，从而实现自己的目标。高中是一场长跑，每个阶段有每个阶段的任务，大家不要想着只靠高三一年去完成三年的赛程。

　　制订计划是一回事，执行计划是另一回事。没有恒心与毅力，所有精心准备的学习计划不过是纸上谈兵，三天打鱼、两天晒网，必定一事无成。没有付出和努力，哪能收获优异的成绩？很少人能够凭一时的冲刺而一飞冲天，更多的成功者都是在别人玩乐时奋力前行。如果能坚持执行自己的计划，我相信，时间终究会给你满意的答案。

　　规划与复盘堪称一对"双生子"——事前要做规划，事后要进行复盘。规划可以让我们的学习更有条理，从而提高效率。做规划既要"仰望星空"，提前思考自己的目标院校和预期分数，也要"脚踏实地"，预先安排好每一周甚至每一天的学习任务。

第三篇　筑梦未来：高效学习有妙招

　　卓越是一种选择，自律是一种习惯。当身边人消极、怠惰时，我们不要随波逐流，而应继续保持高强度的学习节奏。这样做起初会有点困难，但当你逐渐适应这样的学习生活，不被周围的喧嚣打扰时，你的能力就会得到很大的提升，你也会收获身为强者的自信与从容。

　　我的高中三年可以用"顺其自然"四个字来总结，但这指的并不是随波逐流、放纵自我，而是一切都按部就班地去做，去慢慢摸索。有不好的习惯就一个个改掉，方法不适合就一次次改进，我在学习这条路上琢磨了三年，才勉强看到了希望的光。聪明的小孩有很多，可更多的是和我们一样的普通人，倔强而顽强，愿意去闯。我们要相信，只要付出了努力，广阔的天地就会属于我们。

第四篇 齐头并进：门门功课都得优

　　高三的同学们承受的压力无疑是最大的。这种压力一方面来自高考倒计时的紧迫感，另一方面来自各大联考对自我认知的不断刷新。这里我想告诉学弟学妹们，应对压力的最好办法就是脚踏实地、少想多做，让冲刺的每一天过得无怨无悔。唯有如此，你们才能在面对最终成绩的时候少一点遗憾，多一分淡然。

第五篇　善积跬步：优秀源于日积月累

　　谈到中学阶段的学习经验，我想课堂认真听讲的重要性不必多说，也不必再提题海战术，令我感触最深的当属"三本"和反思的过程。所谓"三本"，是纠错本、积累本（摘抄本）和笔记本的合称。

　　无论用什么方法，都要以掌握知识而不是收集错题为目的。只要吸收了错题的精华，触类旁通，错题在不在、在哪里就都不重要了。仅仅剪贴错题而不挖掘错题背后的东西只会白白浪费宝贵的时间。

　　细心的同学和家长一定会发现这样一种"反常"的现象：教室里课桌上书堆得最高的学生并不一定是学习成绩最好的，而一些成绩优异的同学桌面上似乎"一尘不染"，甚至还会看到他们做完一道题后久久没有动笔做下一道，似乎在"发呆"。这些看似"发呆"的行为可能正是这些学霸们的制胜法宝——及时地总结、反思与积累。

第六篇 玩转考场：备考技巧大揭秘

高中阶段的学习需要"霜侵雨打寻常事，仿佛终南石里藤"的韧性；需要"苔花如米小，也学牡丹开"的梦想；需要"寻章摘句老雕虫，晓月当帘挂玉弓"的执着。这是对我们学习方法和策略的考验，更是对心态和意志的磨炼。作为学生，我们要勤奋学习，一步一步地前进，让理想照进现实，在梦想的丰饶之海扬帆起航。

风急雨骤，鼓角争鸣，频繁的考试是高中学习生涯的主旋律。要想收获稳定的考试成绩，不仅要有平日的"千锤万凿出深山"，更要经得起备考阶段的不断锤炼。稳定的成绩搭起了我与北大光华的桥梁。我相信，极致的稳定才是硬核实力，其中的法宝就是学而有术与坚持不懈。

努力从不是低质量的勤奋，觉得自己每天忙忙碌碌，把时间都投入到学习中。忽视放松和调节，忽视勤奋的质量，会让自己陷入自我麻痹的境地。我们不要一失败就否定自己。在跌跌撞撞的成长中，我也逐渐明白了，影响学习的主要因素并不是学习时间的长短，而是高质量的勤奋和良好的心态。

对于每个高中生来说，考试都是最令人担忧与紧张的事情，我也不例外，但是只要你平时能够争分夺秒、稳扎稳打，并且以正确的心态应对考试，就能在考场上气定神闲、稳定发挥，不负汗水、不负韶华。我在北大等你来。

第一篇

勤于思考
助你成为学习高手

勤于思考

关于学习的三个问题

——怎么做一个独立自主的学习者

👤 **学生姓名**：龙辰柏

🎓 **录取院系**：数学科学学院

🏛 **毕业中学**：云南师范大学附属中学

⭐ **获奖信息**：2020 年全国高中数学联赛一等奖

2020 年中国数学奥林匹克竞赛三等奖

2021 年全国中学生数学奥林匹克竞赛（预赛）一等奖

2021 年全国中学生数学奥林匹克竞赛（决赛）二等奖

俗语云："师傅领进门，修行在个人。"事实上，我们自己才是学习的主体。我们要时常问问自己：为什么而学？学什么？怎么学？只有弄清了这些关于学习的诸多大问题的答案，我们才算是一个合格的独立自主的学习者。

为什么而学

我们先来谈谈这个最重要的问题——为什么而学？是那个经典的答案——上小学是为了考上好初中，上初中是为了考上好高中，上高中是为了考上好大学，考上大学了之后又为了找到好工作吗？还是有其他的答案？

这个或许是社会给我们的一个预设的答案。你或许想说，这个答案过于功利，不过实际上，如果人们按照这个目标来发展，并且不断为之奋斗，之后有可能成为一个从世俗意义上来说很成功的人。就好像别人给你指定了一个看起来还不错的方向，然后你沿着这个方向不停地走，最终总会达到一个较高的高度。

但是，你或许会在自己已经取得了一些世俗意义上的成功之后，在某一个深夜产生怀疑：我这么做是为了什么？这一切于我而言真的有意义吗？

为什么会产生这样的疑问？归根结底，是因为这个经典的答案被给出的同时，问题就被转移为：我们为什么要上好大学，要找好工作？

你或许会觉得这个问题很可笑，认为上好大学、找好工作是天经地义的，认为"不想当将军的士兵不是好士兵，不想考名校的学生不是好学生"。但你有没有怀疑过，这些答案或许不是完全正确的，你只是不加思考地相信了一些看起来很正确的观点。

把这些经典的答案奉为圭臬的人们大多认为，当前的努力是为了之后的享乐，是为了先苦后甜，自己要做的是延迟满足，经历暴风雨后终会见到彩虹。但是当他们看到了历史上的一些伟人故事的时候，就会很难理解这些伟人为什么会放弃自己安逸、享乐的生活，而选择了那些壮丽的事业，甚至奉献出自己的生命。他们只能告诉自己，伟人有崇高的精神境界，有坚定的信仰，并且这样的伟人在历史上也是非常少的，自己肯定没必要做出那么多的牺牲，还是让自己活得开心、舒服就好。

我不想对这样的想法作过多的评价，只能说趋利避害是人的本能，所以有这样的想法无可厚非。但是我希望能够有更多的人可以冷静而严肃地思考一下这些问题，不要直接接受那些看起来还不错的答案。

我想，学习的最初目的就是为这些问题寻找答案；或者说，学习可以帮助我们更好地解决自己的困惑，让自己更好地认识世界、认识自我。同时，学习还能够让自己掌握更多的技能，通过实践来改造世界、改造自我，成为社会生产中的某个角色。换一句话说，学习就是为了认识世界、认识自我，并通过实践朝着自己的理想状态进行自我改造。

学 什 么

接下来，就是"学什么"的问题。答案很简单，我们要学那些对于认识世界与自我、改造世界与自我最有帮助的知识和技能。

说到这里，或许有人会反驳：这么说是否就等于大家都没有必要去学那些应试教育的内容了？因为学这些东西可能对实现学习的目的帮助甚少。

我个人觉得，这其实是一个比较复杂的问题。一个通过很多重复训练考上名校的同学，和另一个不愿意把时间浪费在重复而无聊的训练上，利用这些时间学了很多额外的知识，对自己的世界有更深的认识，但最后只能上一所普通学校的同学相比，哪一个今后的发展会更好？这个问题其实很难回答，只能说如果后者想要和前者达到同样的高度，可能要付出更多的时间和精力。

高考为我们提供了更加平等的教育机会，人们能够通过高考来改变自己的命运，并且高考也筛选出了一些学习能力较好、能够在学习上吃苦、能够把一件事坚持做下去的人。被筛选出来的人能够得到较好的学习资源，也有更多的机会成为有真才实干的国家和社会的建设者。所以，这种积极看待高考的态度实际上可以让自己得到更多的机会和教育资源，从而更好地实现自己的学习目的。

我认为我们在高中阶段的学习应该是这样的：我们应当把学习高中课内的应试教育的知识当作自己的本职工作，当作自己不得不做的事情。在学好课内知识之后，我们要尽可能利用其他时间去学习更多的知识，独立思考一些问题。

当然，值得提出的一点是，很多人以为学习仅仅局限于书本，这也使当代的很多大学生成为象牙塔中空有理论的学者，到了现实中，他们就难以发挥自己的才能。

我记得自己曾经看过一本关于毛泽东读书、治国的书，书中强调我们要"读社会这一本大书"，这也是他青年时期游学时所做的事情。这使得他对中国的实际情况有了更加深入的了解。所以说，我们不要把眼光局限于书本。在当今时代，我们也不要把眼光局限于互联网，不要认为自己能够通过互联网认识到真实的世界。在学习之余，我们要真正地走入社会，去读社会这本大书，这样我们才更有可能了解到世界的真实面貌。

怎 么 学

现在来回答最后一个问题——怎么学？

也许有人会大谈特谈各种令人眼花缭乱的学习方法。虽然我也有自己的一些学习方法，不过我认为学习方法只是达到学习目的的一些手段，每个人的学习内容和学习习惯不同，现有的知识水平不同，所以每个人的学习方法也会有所不同。

我是学数学的，在高中学习数学竞赛的时候，我发现我们其实可以用解决数学问题的方式来解决"怎么学"的问题。数学问题都会涉及若干条件，最后的目标就是要证明某个结论，但这个结论也许不那么好证明，需要很多步才能完成。所以这个时候就需要我们做一个规划，规划一下这一题可以通过哪几个子步骤来完成，每一个子步骤是否可行。最后，我们可以通过一些具体的计算和分析来完成子步骤，从而解决这个问题。

我们可以将自己学习中的问题也看作一个数学题。以"高中数学题不会做应该怎么办"为例，现在我们的目标已经很明确了，就是要做出大部分的高中数学题（少数难题做不出来则另当别论）。这个问题的条件就是这些题目的难度以及自身的水平，还有对自己为什么做不出题目的判断。通过已有的条件，我们可以制订具有可行性的方案，然后按照自己的方案一步一步执行，问题就会迎刃而解。

学习是一个独立自主的过程，我们要做的是分析自己的现状，明确自己要达到的目标，然后制订可行的方案，最后再一步步去执行；而不是看到别人刷题自己就刷题，学到某种学习方法就拿来用，不管是否对自己有用。我们应当明确地知道自己正在做什么，这样我们才能一步步踏实地走下去，从而实现自己的一个个小目标。

总之，一个独立自主的学习者应该能够较为清楚地回答"为什么而学""学什么""怎么学"的问题，同时能通过对现实状况的分析，清楚地知道自己当下应该做什么，并且这么做大概率能达到什么效果，然后脚踏实地地把自己应该做的事情做好。

值得一提的是，好像大家都知道自己应该做什么，但实际上能够真正行动起来的人实在太少。知道和做到之间还有很大的鸿沟，我们需要通过一生的行动去做到知行合一。这何尝不是一件难事呢？像我这样空谈道理的人又能做到多少呢？

最后，引用《钢铁是怎样炼成的》一书中大家耳熟能详的一段话作为结尾：

> 人最宝贵的是生命。生命属于人只有一次。人的一生应当这样度过：当他回首往事的时候，不会因为碌碌无为、虚度年华而悔恨，也不会因为为人卑劣、生活庸俗而愧疚。这样，在临终的时候，他就能够说："我已把自己整个的生命和全部的精力献给了世界上最壮丽的事业——为人类的解放而斗争。"

TIPS

❶ 事实上，我们自己才是学习的主体。我们要时常问问自己：为什么而学？学什么？怎么学？只有弄清了这些关于学习的诸多大问题的答案，我们才算是一个合格的独立自主的学习者。

❷ 学习可以帮助我们更好地解决自己的困惑，让自己更好地认识世界、认识自我。同时，学习还能够让自己掌握更多的技能，通过实践来改造世界、改造自我，成为社会生产中的某个角色。

❸ 我认为我们在高中的学习态度应该是这样的：我们应当把学习高中课内的应试教育的知识当作自己的本职工作，当作自己不得不做的事情。在学好课内知识之后，我们要尽可能利用其他时间去学习更多的知识，独立思考一些问题。

❹ 学习是一个独立自主的过程，我们要做的是分析自己的现状，明确自己要达到的目标，然后制订可行的方案，最后再一步步去执行；而不是看到别人刷题自己就刷题，学到某种学习方法就拿来用，不管是否对自己有用。我们应当明确地知道自己正在做什么，这样我们才能一步步踏实地走下去，从而实现自己的一个个小目标。

2

学习即生活，生活即学习

学生姓名：刘海川

录取院系：信息科学技术学院

毕业中学：江苏省淮阴中学

美国教育家杜威从教育与社会生活的关系这个角度提出了"教育即生活"，他认为教育与生活都有发展的本质特征，二者应当紧密结合；后来陶行知对此进行了批判性思考，提出了"生活即教育"，主张在前者的基础之上更要做到利用生活进行教育、通过教育提升生活。

把教育替换成学习，即"学习即生活，生活即学习"，这句话是对我的学习观念的一种阐释。在我看来，只有把学习融入生活，用生活激励学习，将学习视为提升小我、发展大我的路径，我们才能做到乐于学习，发掘并享受学习的乐趣，而不是仅仅将其看作大学的"敲门砖"，甚至是学校强加于身的任务。

这种学习理念在高中的运用需要分为两个阶段：一是高一和高二吸纳新知识的阶段，二是高三备考这一稍显枯燥的阶段。

在高一和高二，课程内容主要以新知识为主，所以课程安排一般比较宽松，课堂的自由度与探索性较强。在这一阶段，无论是教师还是学生都很少感受到升学的压力，大家往往很容易掉以轻心，轻视学习的系统性与连贯性。比如，有的教师可能会忽视教学进度的把控，有的教师可能无法协调教学内容与学生的接受程度，学生在接受新知识时也可能因为无法彻底理解某一个知识点而完全跟不上教学节奏，而且课后也不愿花时间补救，最后不了了之，这会导致学生的知识体系出现大量漏洞。

我认为，高一和高二不仅是学习新知识、筑牢知识体系根基的大好时机，更是培养学习兴趣、养成良好学习习惯的绝佳时期。所以，高一和高二的学生不能因为时间与课业安排比较宽松而对学业掉以轻心，反而更应该抓紧时间，把学习任务安排得更加紧凑，利用这来之不易的时间进行学习方法的探索，尝试将学习与生活融合，感受学习本身的乐趣，激发对学习本身的热情。

其实，就我自身而言，将学习与生活融合、感受学习本身的乐趣似乎本就是理所当然的，因为当我刚拿到高中课本并随意翻阅时，我便对其中的公式与理论感到好奇，对于运用这些公式与理论解决问题感到期待。在日后的学习生活中，我也一直对每天的学习充满热情，渴望自己的能力能够得到提升。

激发学习热情的精神根源

依我愚见，激发学习热情的精神根源有三点：与生俱来的好奇心、使人满足的成就感以及渴望进步的上进心。那么，我们该如何发扬这些精神根源，由内向外地努力，将学习和生活融为一体，从而真正做到热爱学习、渴望学习呢？

一、增强好奇心

首先，我们应当重拾好奇心或增强好奇心，因为对未知事物的好奇是驱使我们学习的最根本、最强大的动力。重拾好奇心需要我们摘下所谓"老成"的面具，重新如孩提时期那样注意陌生事物带来的新鲜感，并且激发内心对探求真相、了解本质的强烈渴望。这也就要求我们养成主动思考的学习习惯，主动地去追求对事物更深层次的了解，探索从表象到规律、从规律到应用、再从应用到新的表象的普遍规律，这样才能形成"好奇—探索—思考—再好奇"的良性循环。

二、强化成就感

为应对高考而制定的长远规划不可能使我们的好奇心得到充分的满足，这也就需要我们培养并享受成就感，从而在学校的课程学习中保持长久的热情。

我们可以借助外部的各项学习任务，比如认真完成课后作业，或在学校测验中取得优异的成绩获得成就感。我认为更重要的是，我们要自主设定合理的目标，自己鞭策自己努力，自己庆祝自己成功。根据米哈里·契克森米哈赖在《心流》一书中提到的观点，人们只有在面对稍高于自身能力的挑战时才能实现自我成长，才能达到心流的状态并充分地享受这种活动。学习也是如此，我们要自主设定学习目标、自主制订学习计划、自主学习并战胜挑战，这样我们才能获得自主学习的成就感，感受自主学习的乐趣。当然，如何设定目标，如何制订计划，如何鞭策自己努力学习，每一步都呼唤着我们去主动思考。

我们不妨把学习比作同学们比较熟悉的游戏，同样是能够产生心流的活动，学习这项活动只不过是把游戏中的显示屏换成了真实世界，把操作键盘和鼠标换成了真实的行为。虽然学习的周期更长，过程更艰难，但我们能够享受到的乐趣却也更持久。

在探索最适合自身的具体学习方法时，我也曾有一段时间把学习生活当成了某种游戏去演绎。我会列出几项不同的具体学习规划，如空闲时间的安排、晚自习的学习顺序、预习与复习的频率和深度等，然后每个月做一次变动。在坚持一个月后，我会通过学校的月调研与作业完成情况检测自己的学习状态与学习效果。在这个学期，我的学习像一场极有意思的游戏，每一次下笔，每一次记忆，我都觉得妙趣横生，我也因此度过了一个快乐的学期，并摸索出了一套比较适合我的学习流程和方法。

三、激发上进心

要想使学习与生活的融合更加持久，我们还必须借助渴望激发自己的上进心。无论是自然界的发展还是社会的发展，都蕴含着上进心，生活在社会中的我们自然也会被上进心所带来的强烈渴望所裹挟，因此，上进心也能成为我们走向社会后保持学习热情的一大精神源泉。就高中学习而言，要想让上进心起到对学习的推进作用，就需要使之在日常生活中"现形"，从而持续激励我们学习，包括在教室之外的思考与学习，这可以通过心理暗示来达成。比如每次遇到新知识或者新挑战时，我们都可以在心里面暗示自己："认真对待这次考验，我的个人能力就能够得到提高。"像这样把考验与上进心关联，就能使我们在未来面对考验时逐渐产生条件反射般的进取精神。心理暗示的力量是强大的，但它不是为了自欺欺人或是自我催眠、洗脑，而是为了将自己本就存在的上进心激发出来。

在学习中寻觅新鲜感

到了充斥着复习与考试并且略显枯燥的高三，享受学习这一理念在实施的过程中似乎举步维艰，因为我们在高三阶段很少有机会再去探索新奇而有趣的新知识，而是从功利的角度将旧知识反复学习，并且更多地专注于研究各种题型，而非知识本身。

我们必须要承认，由于高考是以升学为目的，高三的学习确实会有比较强的功利性，几乎所有的学习活动都在指向提高考试成绩，进而最终提高高考成绩。无论是年级部的复习规划，还是教师们的教学内容，抑或是反复进行的模拟考试，都是如此。所以，作为身在其中的学生，我们个人的学习生活也不可避免地带有一定的功利性。这种功利性一方面能强化我们的成就感与上进心，从而激励我们不断努力备考、积极竞争；但另一方面却也消磨了我们的好奇心，甚至会造成价值观危机。在功利心有所衰退时，我们便会自我怀疑、愤世嫉俗，甚至无奈躺平。所以，在不断强化成就感与上进心，以进取的姿态进行备考时，我们还应保持好奇心，保持内心对学习最真诚的热爱。

那么，我们该如何从高三旧知识的复习中寻觅学习的新鲜感呢？

既然无法从知识本身创造新鲜感，那我们就从学习方式入手，不断改进学习方式，然后检验其效果。在这方面，我们能通过很多方法找到新鲜感，比如学习时间的规划、复习顺序的调整、笔记内容的侧重、各种资料的搭配、旧知识结合新题型的归纳与提炼，甚至是应试时各种细节的调整，等等。这样创造出的新鲜感与好奇心不仅能增强我们的学习动力，还能够提高复习的效率，更能够帮助我们保持良好的学习心态，从而减轻高三后期常常出现的焦虑与患得患失。

事实上，除了这些之外，还有一种学习理念抑或是生活理念应当贯穿我们高中学习的始终，那就是时刻保持自主思考的习惯。这种习惯能够让我们头脑清醒地评判自己的学习生活，围绕自己的学习状态自主地规划和调整自己的学习，而不是随波逐流，盲目效仿他人的学习方式与节奏。否则，不仅学习效率会降低，而且在心理上也会被他人牵着鼻子走，甚至自己会在不自觉的比较中变得焦虑、急躁，出现心理问题。

综上，如果我们能够将学习融入生活，使之成为生活的一部分，学习就能变得有趣且令人享受。

TIPS

❶ "学习即生活，生活即学习"，这句话是对我的学习观念的一种阐释。在我看来，只有把学习融入生活，用生活激励学习，将学习视为提升小我、发展大我的路径，我们才能做到乐于学习，发掘并享受学习的乐趣，而不是仅仅将其看作大学的"敲门砖"，甚至是学校强加于身的任务。

❷ 高一和高二的学生不能因为时间与课业安排比较宽松而对学业掉以轻心，反而更应该抓紧时间，把学习任务安排得更加紧凑，利用这来之不易的时间进行学习方法的探索，尝试将学习与生活融合，感受学习本身的乐趣，激发对学习本身的热情。

❸ 我们可以借助外部的各项学习任务，比如认真完成课后作业，或在学校测验中取得优异的成绩获得成就感。我认为更重要的是，我们要能自主设定合理的目标，自己鞭策自己努力，自己庆祝自己成功。

❹ 我也曾有一段时间把学习生活当成了某种游戏去演绎。我会列出几项不同的具体学习规划，如空闲时间的安排、晚自习的学习顺序、预习与复习的频率和深度等，然后每个月做一次变动，在坚持一个月后，通过学校的月调研与作业完成情况检测学习状态与学习效果。

3

以理性与思考驱散疑惑

👤 **学生姓名**：夏语欣

🎓 **录取院系**：政府管理学院

🏛 **毕业中学**：湖南省澧县一中

⭐ **获奖情况**：2021 年常德市优秀学生干部

　　海涅曾言："照耀人的唯一的灯是理性。"在高中时期，我也曾对难度不断提高的数学、像极了玄学的文综感到疑惑，而当我举起理性这盏明灯，我发现所有乱麻都被梳理开了。当我开始独立思考，我的所有问题都迎刃而解了。

如何"批判"课本

　　在启蒙运动时期，理性的出现是为了反对专制主义和教会。对我而言，理性首先便是对于课本观点的"批判"和对"本本主义"的杜绝。

　　"批判"课本并不是对课本的不认同，而是对课本进行更深入的理解和补充。以数学课本中的圆锥曲线切线方程的推导为例，课本利用椭圆的定义列方程，再经一系列较为复杂的过程推导出椭圆的方程，而我在学习的过程中会更留意其中巧妙的计算过程。通过分析，我们能够发现课本中的每一步变形都可以成为椭圆的新定义，于是一系列二级结论就会被我们一一发现。

　　除此之外，"批判"课本还意味着不对课本中的知识生搬硬套。比如，在讲三角函数变形这一章节时，课本为我们提供的方法虽然简单易懂，但却较耗费时间。这时，我会先按课本提供的方法进行练习，然后根据练习结果删去一些简单但烦琐的过程，从而提高自己的熟练程度。

对于历史选择题而言，盲从课本就意味着"红叉一片"。历史是一条延绵不绝的长河，薄薄的课本并不能为我们展示历史的全貌，而且课本中展现的是比较能够被大众接受和认可的内容，而目前很多历史题目考查的是我们对小众的学术观点的理解。而且伴随着考古技术的发展和考古新发现，很多历史观点也在慢慢地发生改变。因此，在历史的学习中，我在注重对课本主干知识的理解的同时，也会找时间去研究一些历史事件的细节，通过《中国通史》《全球通史》等书籍去理解课本中讲得比较模糊与浅显的点。在做历史选择题的过程中，我不会因为某个选项与课本矛盾而轻易将其排除，而会去思考它与课本的矛盾点，并结合生活常识思考因果联系和逻辑关系，然后再作出选择。杜绝"本本主义"，是我在学习上成熟的第一步。

做题切忌主观臆断

有很多因素会不可避免地影响着我们的主观判断，在做题时，我们应该少一点主观随意性，减少主观臆断，去寻找做题的依据，这也需要我们坚持理性。

还是以数学为例，我以前常常被"应该是……"所影响，因而在考试中出现了许多因为粗心而导致的错误，这种想当然的错误其实严重阻碍了我数学成绩的提高。在做压轴大题时，我们不能因为自己对特殊情况的分析而臆断一般情况下端点的取值；在做立体几何题时，我们也不可以因为自己的感觉而臆断线面之间的关系。

主观臆断主要是由视觉印象、刻板印象、做题惯性、做题心态不够沉稳等因素导致的。在学习过程中，我找到了两种解决方案。一是细读题，慢审题，快作答。认真读题可以消除内心的浮躁，可以让我们更快地进入做题状态，沉浸在具体题目中。二是寻找依据。任何题目的答案都藏在题干里，在做数学题时，我会在重要信息上画下划线，由此推导出答案。做文综选择题时，我会注重分析题干的逻辑关系，再找出关键词，并将其与选项进行仔细比对，从而得出答案。其实，主观随意性是做题浮躁的表现，坚持理性便是对真理的坚持与尊重。

我们都知道，任何事物都具有多样性，都是运动着的，我们不能认为事物是一成不变的，但我们在现实中却常常用旧方法解决新问题。因此，打破惯性思维是成长的重要过程。

其实在做题的过程中，我们往往最容易做错的是已经做过的题，因为这样的题一方面让我们放松了警惕，另一方面会让我们忍不住去回忆旧题，陷入之前的错误思路，而且我们的记忆并不是很清晰。我认为，我们在做题时应当把每一道题都当作新题来看待，这样我们才会对它产生更多的激情，我们的思维能力才可以不断地提高。

独立思考是解决问题的第一步

其实，在学习中坚持理性就是要坚持独立思考、积极思考，打破思维定式，提高独立解决问题的能力。

一、用心钻研，不依赖老师

我过去喜欢问老师问题，表面上是热爱学习的表现，其实这样会增强我对老师的依赖，自己解决问题的能力并没有得到提高。其实，高考考查的就是学生在规定时间内解决问题的能力，如果我长期依赖老师，那么只会形成心理上的满足感，不会实现真正的进步。学会问问题才会获得真正的提高。一方面，我们不能一有不会做的题就去问老师，而是应该先思考自己到底是在哪个环节或者哪个知识点上出现了问题，对症下药才可以治好病。另一方面，我们应当敢于自己去钻研，自己去发现，不能过于依赖老师。

我高一的时候只要有不懂的数学题就去请教数学老师，结果成绩并没有什么起色，之后我去老师办公室的次数减少了，我开始沉下心来自己钻研。一开始我可能摸不着头绪，但是我并没有放弃，而是花大把的时间去研究模型、研究思路、研究答案。后来，我做题的时间逐渐缩短，我的数学跨入了优秀行列。我现在还记得一轮复习时地理老师说的话，他说："这道题我给你讲多少遍都没有用，只有你自己弄懂才会有效果。"因此，我们不要让自己的大脑成为别人思想的容器，我们的大脑应当学会独立工作。

二、独立做题，不依赖答案

想要做到独立思考，我们就得摆脱对答案的依赖。其实答案只是用作参考的，我们完全可以给出更有逻辑性、更简练的答案。在改错题的时候，我只会标记错题的位置，而不会抄上该题的答案，这样当我回顾这一题的时候，我就可以多一次思考的机会。

在反思数学错题的时候，我会先思考该题的正确解题逻辑，然后重新把该题计算一遍，检查我原来的计算过程，找到我之前的错误点，并及时回顾相应的知识点。接着，我会思考该题是否可以用新的方法来解，是否能用更简单的方法来解。比如对于立体几何的相关选择题，我会反思它可否用建系法、立体几何法、平面几何法、极限法等方法来解。渐渐地，我在做题时会有更多的灵感，我的思维也不会被答案所提供的通用解法所束缚。

不依赖答案并不意味着我们要摆脱答案，我们的答案也需要在不断地学习中得到完善。因此，我们要学会在做完题后分析答案。比如历史大题的答案一般都很简单，但也很精准，我一般会把我的答案和题目给出的答案进行对照，积累相应的专业术语，并梳理一遍答案的逻辑，培养自己的历史素养。同时，我们也要"批判"答案，分析答案中漏掉的材料信息，思考答案中的某句话可否用更加贴近课本的语言来回答。这样的反复分析能够使我们解决问题的能力不断提高。

三、细心观察，在生活中思考

独立思考不仅仅体现在做题中，也体现在生活中，这样的思考对我们的学习也会产生积极的作用。

作为文科生，我们接触的很多材料其实都来源于生活，因此我们也要用心去思考生活中的智慧。比如，我会在晚上收看《新闻周刊》《新闻直播间》《24 小时》之类的新闻节目，在让自己的头脑进行短暂的放松的过程中，我会思考主持人的语言逻辑，思考某些问题产生的主要原因。在对俄乌战争相关新闻的跟踪中，通过思考，我更加深入地理解了国际关系中的一些热点问题产生的原因，在我们历史的模考中，我就可以更轻松地回答战争的相关问题。除了新闻，一些看似无用的话里也蕴藏着大智慧，比如电视台的酒类广告中经常会出现"赤水河左岸"之类的与水有关的词语和句子，这就引导我去思考酒厂的区位条件。我们生活的环境中也有很多值得我们去观察与思考的地方。比如，我发现不同季节河堤上植被的覆盖情况是不同的；在做操时，我会思考太阳的方位和太阳的视运动情况。我们要学会在生活中积极发现、积极思考，在观察与思考中，我们的综合素质其实也在不断提高。

理性将伴随我们的一生，它不仅仅局限于做题与考试，但是我们可以在做题与考试的过程中提升自己的理性思维水平。所以，在学习的过程中，我们不要去抱怨题目的困难或者枯燥，而是要振作起精神，勇敢地去面对。当我们用理性的眼光审视每一道题目时，便能"守得云开见月明"。

☀ TIPS

❶ "批判"课本并不是对课本的不认同，而是对课本的更深入的理解和补充。"批判"课本还意味着不对课本中的知识生搬硬套。杜绝"本本主义"，是我在学习上成熟的第一步。

❷ 避免主观臆断有两种解决方案。一是仔细读题，慢审题，快作答。认真读题可以消除内心的浮躁，可以让我们更快地进入做题状态，沉浸在具体题目中。二是寻找依据。任何题目的答案都藏在题干里，在做数学题时，我会在重要信息上画下划线，由此推导出题目所需的答案。

❸ 我们都知道，任何事物都具有多样性，都是运动着的，我们不能认为事物是一成不变的。但现实中我们却常常用旧方法解决新问题。因此，打破惯性思维是成长的重要过程。

❹ 学会问问题才会获得真正的提高。一方面，我们不能一有不会做的题就去问老师，而是应该先思考自己到底是在哪个环节或者哪个知识点上出现了问题，对症下药才可以治好病。另一方面，我们应当敢于自己去钻研，自己去发现，不能过于依赖老师。

将自己作为方法

- 学生姓名：陈爱琴
- 录取院系：外国语学院
- 毕业中学：广东省东莞中学松山湖学校
- 获奖信息：2021 年广东省宋庆龄奖学金

在高考前，我曾经听过许多高才生以高分考入名校后又陷入没有活出自我的悔恨中的故事。他们轻易否定了自己的应试经历，曾经在"题海"中苦苦挣扎的人转眼间又挣扎在"悔海"中，这让当时的我十分害怕日后会后悔自己日复一日机械地备考。但是，走出高考后的我驻足回望，却发现那段看似晦暗的日子也有"海棠花未眠"。高考不仅给了我一个放手一搏的机会，也让我在应试的深层逻辑中找到终身受益的思考方法和处事逻辑，我愿将备考时的自己作为方法与大家分享。

学习方面的建议

我想先给大家讲一个对我高考，或许是对我日后也影响很大的故事。在高考最后的一两个月，每周我都会挑几个下午和我的语文老师探讨作文，流程大概就是先解读材料、提出我作文提纲中出现的问题，然后是我最喜欢的环节，老师会拿他的"下水作文"与我分析他思考问题的流程、新奇的切入点和写议论文的行文逻辑，结束后我再复盘讨论的细节。就是这几次聊天奠定了我一生思考问题的方法，让我学着把应试教育的深层逻辑与我的人生、我的思考相结合。

有一次，老师讲到六点半的时候碰上了学校的毕业聚餐，他来不及把作文稿印好给我，只好让我先去食堂。后来，当级长站在打菜窗口前发言时，老师在一群同学中找到了我，从口袋取出认真折了两折的作文纸交给我，让我收好。我想，即使日后岁月翻腾，我永远都不会忘记推开办公室大门后一眼望见的那个可靠的背影，还有奶油蛋糕、灯光滚屏和浮华喧闹中老师递给我的那折了两折的作文纸。

我讲这个故事，是想借它剖析在备考中一些让我受益终身的学习习惯。

其一，养成独立自主的学习态度，在独立思考中建立属于自己的学习体系。准备高考需要我们成长为独立的、自由的和具有创造力的新青年。当代人的生活不是一个机械的技术性过程，而是一个不断选择和作出决定的过程。高考选拔出的学子不仅应当具备一定的专业知识，更应具备独立思考和判断的能力。我们不仅要对具体的题目、科目保持独立自主的态度，还要将独立思考贯穿于整个人生。就像康德用纯粹理性批判来树立理性一样，我们也要通过理性思考提高自己的学习能力。在备考中不断反思当下，积极寻找应对的方法，带来的结果也将是正向的。

我们是自己人生、生活和学习的主人，如果我们不从混沌中醒来，再优秀的人来跟你分享经验都是无用功，其他人的建议都只能是你的参照系。按照矛盾的特殊性来看，每个人都有自己独特的学习方法或体系。成为学习的主人后，最直观的收获就是我们不再被动地学习，学习反而成为我们获得成就感、认同感和树立理性的重要过程，学习的动力也会随之而来。

其二，学会规划时间，养成制订计划的习惯。控制带来秩序，它能帮助我们对抗一切的不确定。我习惯制订周计划和日计划，将它们固定并循环，然后按周期调整计划，这有助于我更好地安排自己的学习生活。

其三，主动出击，请教老师，养成前置性学习的习惯。"师者，所以传道受业解惑也。"我们要多和老师相处，向老师学习他们独特的"道"，和老师交流会使我们有很多新的收获。

其四，养成复盘的好习惯。随着我的成长，我的复盘从单纯地记录今天发生了什么，进阶到以时间或者逻辑线为轴，思考每一天学到的新知识、遇到的困难和解决方法等。我的语文老师也感到惊讶，为什么他讲得这么快，我回去复盘后还能整理出这么多笔记。总而言之，最重要的是我们要摆脱以往的混沌和被动的状态，努力去思考、去分析、去探索、去实践、去整理，初步形成属于自己的学习体系，为日后更深入的学者式学习打好基础。这些小技巧对我的大学生活也有着不可忽视的作用。

生活方面的建议

我把生活分为人际交往和生活状态两部分。

我中学的人际交往有三个支点——父母、老师和同学，由此形成了稳定的三角形。我认为人际交往的基本思路都是相互尊重、共同进步。

我与父母相处的核心思路是以尊重和理解为基调，以成长和成熟为底气，以沟通至上为原则，与父母表达双向的爱。成长在新时代的年轻人有很多新的思想，像热搜上的"00后整顿职场""大学生村官"等词条，都体现了一种可爱的理想主义。我们已经成为民族复兴的重要力量，但是别忘记在腾飞的时候回头等等爱你的和你深爱着的父母。

和老师的沟通既要减少疏离感，又不能跨越师生界限。这点在前文与语文老师的相处中就已经体现，在此就不再赘述。

在学生时代，我们和同学的相处也许会更成熟，也许我们有时会感到孤独，这些都是人生的常态。无论是身处闹市，还是一个人独处，只要你享受其中，都是不错的选择，并没有高下之分。你可以有几个知心好友，三五成群，一起度过美好的学生时代，结婚也可以邀请他们当伴郎、伴娘。如果有合不来的同学，也要记得求同存异，尊重彼此。好的友谊是互促共进的，不是一方离了另一方就无法生活。

我有幸在高中碰到了可以一起努力的好朋友，她选了物理，当年我坚定地和爸爸争取选历史时也有她的支持。不同的楼层为我们提供了距离感，我们认真经营我们的友谊，我们也十分珍惜每次一起吃饭、回宿舍的时间，完全不担心没有话题。在路上，我们可以帮对方复习当天的学习内容，也可以共同探讨地理中的难题、怪题，我们也在几次模考中互相安慰、抱团取暖。在成绩跌到低点时，我们约好一起去大西北，她研究核物理，我去考古，"制霸"西北。她十分热情，会跟经过的每一个认识的人认真打招呼，包括宿管阿姨、保洁阿姨、食堂阿姨。受她的影响，我也开始勇敢地向陌生人大声问好，我俩在高考的最后一天还一起送了食堂阿姨巧克力。由于一高一矮的独特身高搭配，校园里的叔叔阿姨对我们印象深刻。因为经常吃饭比较晚，我们会被阿姨问"今天又这么晚啊"，阿姨也记住了我爱吃辣但她吃不了辣的小细节。她给足了我自信心，也总能读懂我的想法，她是我强忍眼泪时一看见她就能放心掉眼泪的女孩子。我爱叫她全名，也喜欢我们一个又一个的拥抱。

私以为，理想的生活状态总体上应该是一种积极、平和的状态。保持积极的心态是面对繁杂的学习任务和接连不断的考验的最佳法宝。你的专注力、动力、思维能力和应对困难的内驱力都来自积极的心态。我永远坚信，人还是要多与自然亲近。有段时间我和朋友约好每天早上绕着我们学校的那片小湖跑一圈，跑完明显能感觉到身体放松了很多。湖畔风光，山青水绿，那片小湖成为我净化心灵、保持干劲的自然乐园。

除此之外，平和的心态是提高我们跌落低谷后的反弹力的不二法门。"鸣蝉抱叶落，及地有余声。"平和的心态可以减少内卷、低效率内耗和受到成绩打击等负面事件对我们的不良影响，让我们更快地自我疗愈。但是，片面地追求积极或平和可能会造成两种极端，最佳的生活状态是合二为一，这样我们的生活就少了许多困惑，多了几分从容和自在。

个人发展方面的建议

教育的本质是培养人的社会活动，是一棵树摇动另一棵树，一朵云推动另一朵云，一个灵魂唤醒另一个灵魂。如果我只能给予青年一个祝福，那么我希望我们可以成长为健全的、具有现代意识的新青年。

目前，我认为让我受益最多的是两个行为——阅读和长局性规划。保持终身阅读的想法在我初三备考时偶尔闪现，高一的军训真正让我开始养成阅读的习惯。我的高一班主任小崔老师是东北人，他说话时最喜欢右手拿着一支短粉笔，然后竖起一根食指点点空气，东北的豪气和优秀教师的气场立马征服了全班。军训有入学引导的环节，当时小崔老师以班主任兼数学老师的身份认真地告诉我们，一定要保持终身阅读的习惯。军训也有一些自习时间，我们班也没有什么班会教育，老师把这段时间留给我们看书，军训结束了，我也把《围城》看完了。这样的开班第一课加上松山湖语文科组的美文行动，以及优秀老师们自然而然流露出的书生气，让我对坚持阅读有了执念。同班数学高手桌上的《数学分析》、语文老师手边的诗选、英语老师朗读着的《简·爱》英文原著，校长桌上的《重新设计一所好学校》……这些人和书的故事让我理解了，就像本雅明所说的那样，书本的文字就像雪花一样在阅读的孩子身边悄悄地、重重叠叠地落下，越积越厚，温暖的柔和感将他包围。叶圣陶曾说："读书，让生活有温度，让灵魂有湿度，让生命有深度。"阅读不仅丰富了我们的知识体系，还为我们提供了超越惨淡现实的可能，阅读也在精神危机的当下为我们提供了诗意的栖居地。

成长于百年未有之大变局的我们面临多样化的选择，这需要我们有更宽阔的视野、更长远的规划。我曾经在申请一个奖项的时候发现，除了成绩，我好像没有什么能说的了，我的履历十分简单，说实话，这使我有点自卑。其实我所在的高中开展了很多非常丰富多彩的活动，以"四节二礼，青春五月"为代表的校园文化活动成为无数松湖学子难忘的记忆。这也启示我们在学生时代要敢于尝试，在丰富的校内和校外活动中寻找自我、充实自我，发现更高的跳板，拥有更广阔的选择空间。参与的过程就是成长的过程，在北大生活的日子里，我会将燕园纳入自己的生命历程，在这里提升自己，用情感容纳外物，用理性擦亮思想。

结　语

《三体》中的维德是个喊着"前进！前进！"的男人，愿我们能以这种前进的姿态，在我们人生的黄金时代扬帆起航、乘风破浪。祝我们都有光明的未来！

① 准备高考需要我们成长为独立的、自由的和具有创造力的新青年。当代人的生活不是一个机械的技术性过程，而是一个不断选择和作出决定的过程。高考选拔出的学子不仅应当具备一定的专业知识，更应具备独立思考和判断的能力。我们不仅要对具体的题目、科目保持独立自主的态度，还要将独立思考贯穿于整个人生。

② 我们是自己人生、生活和学习的主人，如果我们不从混沌中醒来，再优秀的人来跟你分享经验都是无用功，其他人的建议都只能是你的参照系。按照矛盾的特殊性来看，每个人都有自己独特的学习方法或体系。成为学习的主人后，最直观的收获就是我们不再被动地学习，学习反而成为我们获得成就感、认同感和树立理性的重要过程，学习的动力也会随之而来。

③ 理想的生活状态总体上应该是一种积极、平和的状态。保持积极的心态是面对繁杂的学习任务和接连不断的考验的最佳法宝。你的专注力、动力、思维能力和应对困难的内驱力都来自积极的心态。

④ 最重要的是我们要摆脱以往的混沌和被动，努力去思考、去分析、去探索、去实践、去整理，初步形成属于自己的学习体系，为日后更深入的学者式学习打好基础。

5

风吹山角晦还明

- 学生姓名：何美兮
- 录取院系：中国语言文学系
- 毕业中学：河南省郑州市第四高级中学

　　清凉的风于瞬息中扫去阴云，最后一抹橘色的晚霞得以温暖这一片刚经历过"风狂雨急"的前江后岭。拿到录取通知书的我只觉眼前千山万水落定，柳暗花明时，一分幸运，两分落寞，三分憧憬，四分淡然。

　　"海压竹枝低复举，风吹山角晦还明。"我特别喜欢陈与义《观雨》中的这一句。乐观、坚韧、勇毅、伟岸，摒弃风吹花落的脆弱……再回首时，我想用这句话来形容我的高中学习生活。我只希望分享过来人的一点经验，若能对学弟学妹们有所裨益，实为荣幸。如有不当，敬请指正。

赤子之心

　　风起时，可否守住心中那一轮明月？

　　时代的焦躁、功利主义的浪潮席卷人心，我也颇受此风气的浸染和毒害。我以为，少年不可将万能公式、答题模板视为得分利器。对于学习，我们应当常怀一颗赤子之心，多一分真诚和热爱，就多一分乐趣与收获。

赤子之心是心中的那一轮明月，纵使这样"傻傻"学习的同学们似乎总是处于落后，甚至成为"速成型"同学的笑柄，但"我歌月徘徊，我舞影零乱"，学习带给自己的快乐只有自己能体会。我喜欢语文这门学科，尽管高三有一段时期我的语文成绩一直不理想，在反复刷题和冷冰冰的分数对比中，我也一度十分迷茫，但是我最后似乎找到了出路，悟出了一些道理，想与大家分享。

有的同学明明不理解文本，甚至理解程度不如自己，但却做对了题，拿到了分数，而自己却时常与题目苦苦纠缠。在错题中纠结和迷茫时，我安慰自己："难道欣赏了这篇莫泊桑的小说，体会老舞蹈家于一个时代的悲欢，不比蒙对了这道选择题更有价值？难道品鉴了韩愈对精卫独到看法的诗句，不比套对了作者人生经历的模板更有价值？"只拿分数去评估自己是不负责任的，题不论做对做错，我们真正需要思考的是诗句和文章的深层意义。

除了快乐，带着赤子之心赤诚地去学习还会赠予我们更高的素养和造诣。

懒得思考、懒得下笔会在关键的时候使人捉襟见肘、左支右绌；套作和思维定式会让文章空洞、僵化，味同嚼蜡。我在高三写作文时常常会遇到一些瓶颈和障碍，多次考试我的作文成绩都很一般，我开始反思问题出在哪里。在长期的作文训练后，没有哪一个主题是我不会写的，只要套好开头和结尾，排比式地列出三个分论点，找对中心，甚至论据都不用变，就能写出一篇文章。我也一度迷惑：为什么自己的文章好像篇篇都一样？我冷静下来，开始重新审视作文材料并向同学请教，思考作文到底该怎么写。后来我才明白，从本质上看，写议论文是为了阐明自己的观点。对于一个作文题目，之前的我并没有自己的观点和看法，也没有要抒发的感受。正所谓"文章合为时而著，歌诗合为事而作"，我本无意写文章，写的时候自然会"难产"。缺乏有力的论点，整个文章就没了灵魂。找到问题的根源后，我开始认真地去思考作文材料，抒发自己的见解。在思绪的游走中，我能轻松地找到恰当而有力的论据，写作便得心应手。情感的迸发和思维的激荡最终使每一篇文章都能成为它自己。"謋然向然，奏刀騞然"，为之四顾，为之踌躇满志，善笔而藏之。

其实我们在整个高三的应试训练中会出现很多类似的主次颠倒、背离初衷的问题，究其根源，大概是因为我们丧失了赤子之心，迷失了自我。"非独贤者有是心也，人皆有之，贤者能勿丧耳。"所以我们要做的是冷静下来，恢复自己的本心，返璞归真，沉浸式地学习，不做刷题的机器。

回顾那些灿若繁星的科学家和学者们的一生，永葆赤子之心，守得心中月明，摒弃喧嚣浮华，坐得住冷板凳，应该是他们取得学术成就的不二法门。一些明星学术论文造假，终致身败名裂；反观那些甘心做"螺丝钉"的航天工匠，他们精益求精、苦心钻研，让神舟飞船遨游九天，他们靠的就是这股"拙"劲、这片诚心。因此，要想取得非凡的成就，就必须拿出真心，兢兢业业，脚踏实地。对待学习，我们何不保留几分"傻气"？毕竟，在圣洁而宏伟的学术殿堂门前，你我都只是一介匹夫。

坚　韧

雨骤处，可否如翠竹，虽会摇曳，仍能复举？

风裹着黑云迅疾地淹没六合，雷鸣如猛兽般暴躁地腾跃、咆哮，瓢泼的大雨如鞭子一般重重地抽打着竹林。那纤纤的翠竹左摇右摆，在风雨中凌乱，可她怎么也不肯倒下，每次短暂的倾斜都是为了更好地弹起。雨越大，她们甚至越欢快。密林深处，你钻进去看她们，她们咬着牙，在舞蹈，在笑。

好一幅海压竹枝图！在高三的最后一段时光里，它一直无形地激励着我，鞭策我跳跃起来、奔跑起来，扫除了我心中的阴霾和困顿。

坚韧，一个被反反复复提及的词语，我们从小就被要求将它如铭文一般刻在心里。它也会一直闪烁在各种各样的红色条幅中，出现在班主任激励我们的话语中，但在困难来临时，这个词语却总是被遗忘。

进入复习阶段，由于缺乏有趣的新知识，学习似乎变得枯燥起来。最后的备考阶段只剩下机械地刷题和背书，学习氛围变得压抑。青灰色的脸，目光呆滞的笑，死气沉沉的教室……面临一场前所未有的重大考试，一种崩溃的情绪在酝酿。我该怎样坚持？我该怎样"活过来"？走上操场，奔跑起来！我呼吸着新鲜的空气，飞速摆动僵硬的双臂，落地后再弹跳，落地后再弹跳……我的大脑逐渐清醒过来。

为什么我选择跑步？因为我想看到阳光投射在地面上的那个快速移动的影子——那是我奔跑的姿态。它让我很直观地觉得自己在战胜困难，在突破难关，在前进。挥洒汗水，将压力和痛苦抛诸脑后，结束奔跑后，我大口喘着气，我觉得我赢了，我无所不能。坚持跑步，坚持学习，我在坚持前进！

要做到坚韧，就一定要有一种信念，不服输，不畏难，相信自己，竭尽全力。畏难情绪一直是一个缠绕着我的症结，它让我不敢去尝试，不敢去突破。我虽然不自信，但是自尊心很重，并且很要强。遇到挑战时，我一方面跃跃欲试、争强好胜，另一方面却害怕失败。若是我挑战失败，不论有没有人知道，我的挫败感都会很强烈，似乎这会证明我就是不行，所以还不如不去挑战自我，假装承认自己的平庸，玩笑似的调侃自己几句，放自己一马。当不得不面对挑战时，我常向我最尊敬的，同时对我抱有很大期望的班主任倾诉难处。我想先降低他的心理预期，在得到他的肯定和鼓励后，我才敢抱着"我去试试"的心态去做，虽然我已经决定竭尽全力，并且绝不认输。

在报考强基计划时，我本来就信心不足。分数线出来，我成功入围后，面对难度很高的校测，我又胆怯了。这时班主任的电话打了过来，他嘱咐我好好应战，我刚要说出口的"难……"被他严厉而又坚定地堵了回去。他说："难的话，所有人都难！"好吧，既然如此，为何先灭了自己的威风？我放手一搏，最终有幸获得了这个机会。我知道，离开了中学，在未来的人生道路上，不会有人再逼着我前行；遇到困难时，也不一定会有人再来听我诉苦、鼓励我。我要继续成长，撕开那虚荣的自尊，正视心理上的弱点，直面挫折与考验，做一个真正的猛士。坚韧的人敢于在遇到困难时战斗。战歌响起，是非英雄，无关成败！

学习为了什么

为何学翠竹？

我曾一度迷茫，学习是为了什么？我去吃这些苦、受这些累是为了什么？长辈总是告诉我们，现在不吃学习上的苦，将来就要吃生活上的苦。这句话当然没错，也很现实。但我还是不明白，如果我不要那名利与繁华，我为什么要在学业上苛求自己，总是要争个第一，要去上最好的大学呢？后来我明白了，我不想成为工具，我有理想，我要创造价值。

拉长历史的轴线，与悬梁刺股、囊萤映雪相比，与万里长征的筚路蓝缕、餐风饮露相比，这点苦怎么称得上是苦？曾经努力到感动了自己，心疼自己付出了太多，想到这些，那些感觉在惭愧中瞬间烟消云散，我开始思考他们为什么要吃下那些很"不值当"的苦。那是为了精忠报国，为了革命理想，为了建设事业！人不能只为自己活着吧！如果这世上只有我一人，怎么活都无所谓，无死无生。因此，个人的意义和价值最终还是要在社会中实现的。爱因斯坦曾说过这样一段话：

> 我每天上百次地提醒自己：我的精神生活和物质生活都依靠着别人（包括生者和死者）的劳动，我必须尽力以同样的分量来报偿我所领受了的和至今还在领受着的东西。我强烈地向往俭朴的生活，并且时常为发觉自己占用了同胞过多的劳动而难以忍受。

当我读到爱因斯坦的这段话时，我十分震惊、惭愧。爱因斯坦这样一位重构了物理学格局，为人类基础理论研究做出革命性贡献的伟人尚且如此，真是可敬可叹。是啊，人类社会之所以伟大，是因为身处其中的每一个人都在一代代接力式地推动着它的发展和进步。当心中有四方，我们怎会为眼前的困难吓倒，为个人的悲欢困顿？我们在前进，我们不是一个人。

带着这一份信仰，居庙堂之高抑或处江湖之远，心中滋味，百般甜蜜。

最后，奉上刻印在我们高中操场上的张载先生的著名的"横渠四句"——"为天地立心，为生民立命，为往圣继绝学，为万世开太平。"愿与诸君共勉。

祝学弟学妹们如竹枝般毅韧，渡晦暗而见明。

TIPS

❶ 我以为，少年不可将万能公式、答题模板视为得分利器。对于学习，我们应当常怀一颗赤子之心，多一分真诚和热爱，就多一分乐趣与收获。

❷ 其实我们在整个高三的应试训练中会出现很多类似的主次颠倒、背离初衷的问题，究其根源，大概是因为我们丧失了赤子之心，迷失了自我。"非独贤者有是心也，人皆有之，贤者能勿丧耳。"所以我们要做的是冷静下来，恢复自己的本心，返璞归真，沉浸式地学习，不做刷题的机器。

❸ 我要继续成长，撕开那虚荣的自尊，正视心理上的弱点，直面挫折与考验，做一个真正的猛士。坚韧的人敢于在遇到困难时战斗。战歌响起，是非英雄，无关成败！

❹ 人类社会之所以伟大，是因为身处其中的每一个人都在一代代接力式地推动着它的发展和进步。当心中有四方，我们怎会为眼前的困难吓倒，为个人的悲欢困顿？我们在前进，我们不是一个人。

第二篇

合理规划
让学习有效、生活有闲

合理规划

6

浅谈高中学习经验与方法

学生姓名：梁诗勤

录取院系：外国语学院

毕业中学：广东广雅中学

高中三年如何规划

一、高一阶段

高一刚入学，有些同学可能很快就能适应高中的学习生活，但也有同学可能不太适应。不适应主要表现在跟不上课程节奏、不适应九个科目的学习强度、不适应课程难度或是不习惯老师的教学风格。

对于不适应高中学习生活的同学，我有以下建议。

1. 尽快调整学习状态。同学们不能在初三努力了一年后就松懈了，要尽可能跟上老师的节奏，认真完成每天的学习任务。

2. 上课一定要做笔记，这点非常非常重要。高中的学习强度远比初中要大，老师上课的节奏也相对更快。如果上课只是听而不动笔去记录，很有可能课后就遗忘了重要知识点。做笔记一方面可以帮助自己在上课时集中注意力，另一方面也是给自己提供了最珍贵的复习资料。对于课上的难点，课后大家要通过笔记多回顾、复习。

3. 每天做好计划。我们在高一阶段面临着九门科目带来的压力，有些同学可能会觉得自己吃不消。我认为，我们在学习时应当根据自身的情况对某些科目有所侧重，但我并不主张同学们过早决定自己选哪些科目。一方面，每一科真正的难度与高一初期学习这门科目时的难度可能存在差别，高一阶段的学习内容还相对较少，我们还无法判断自己是否真正喜欢这一科，所以不少同学最后选择的科目与最初的想法并不相同。另一方面，即使我们真的决定不选某门科目，高中还有合格考这一关要过，所以为了减轻高二时的备考压力，高一这一年我们也一定要认真地把每一科都学好。在有限的时间内把每一科都学好对不同的同学有着不同的难度，但无论如何，做好每天的时间规划才能最大限度地提高效率，同时也有利于自己对一天的学习进行回顾、反思与总结。

4. 适应老师的教学风格。如果有同学不适应老师的教学风格，就要想办法去适应。每个老师都有自己的教学风格，我们要做的不是改变老师，而是改变自己，主动去适应老师。同时，我们要对自己的学习情况有充分的认识，知道学习每一科应采取什么样的学习方法，需要怎样完成学习任务。有了清晰的认识后，我们要将需要完成的任务与老师的课堂教学内容进行匹配，老师课上没有讲的内容我们要主动在课后自主学习。一般来说，适应老师的教学风格不需要很长的时间，哪怕是不适应，也并不会过多地影响我们对知识点的学习，所以同学们不必过于担心，但也不可忽视这一问题。如果确实觉得不适应，我们可以主动与老师沟通，听取老师的建议。

5. 找准适合自己的高中学习方法。高二、高三已经是我们需要拼尽全力去努力学习的时候了，如果高一还没有找到适合自己的学习方法，那会浪费很多时间，同时也会让自己在努力学习时感到茫然。

6. 主动与老师沟通。如果遇到学习上的困难，我们要积极主动地和老师沟通，老师们一般都是很乐意为同学们答疑解惑的。

对于高一的同学，我也有一些生活方面的建议。同学们可以积极参加感兴趣的社团活动。参加社团活动可以让我们接触到一些志同道合的朋友，也能提高我们的交际能力和解决问题的能力。但参加社团的数量要根据自己的实际情况来决定，不能因为过多的活动影响到学习。除此之外，同学们要主动与身边的同学交流，我们的身边总会有比自己更优秀的同学，所以我们要多向优秀的同学学习。

二、高二阶段

到了高二，同学们选的科目也已经定下来了。高二是高中三年中非常非常重要的一年。如果高一时成绩不佳，千万不要灰心丧气，因为高一我们要应对九科的学习，还要经历重新分班，这些或许都会影响我们的成绩。而高一时成绩好的同学们也千万不可骄傲、松懈，因为高二也是最容易被反超的一年。

在高二这一阶段，我们一定要找到自己的优势科目，争取找到一到两个自己擅长的科目并保持优势。与此同时，同学们一定要想办法对自己的薄弱科目进行补救，否则高三再努力是很吃力的。在这一年，同学们要把基础知识踏踏实实地学好、学牢。

高二我们每周仍然有两天假期，这两天是非常宝贵的，我们一定要利用好。这两天有三大任务：一是复习本周学习的内容，我们可以通过思维导图等方式辅助自己；二是预习新知识，对于较难的科目，我们可以花一点时间浏览一下下一周要学习的知识点；三是针对薄弱科目进行练习，我们可以尽早完成周末的作业，安排时间对薄弱科目进行专项练习。此外，同学们要在高二合理安排时间复习合格考的各个科目，争取拿到 A。

三、高三阶段

高三是真正需要我们全力以赴的时候了，这一年没有了合格考的困扰，每个同学要做的就是全力提高自己六个科目的成绩。

在学习上，同学们一定要保持头脑清醒。对于自己的优势和劣势是什么，以及怎样提高成绩，一定要心中有数。高三的同学们要做到的就是"保优补弱"，我认为这并不容易。同学们一定要清楚地知道自己每天在做什么，以及这么做是不是收益最大的。我对此深有体会，在高三这一年，在把弱科提上来的时候，很有可能优势科目又失去了优势，所以每位同学一定要在每天有限的时间里做好权衡。高三的每次月考都是自我检测与反思的契机，月考后同学们一定要做好错题整理，并对自己一个月的学习进行总结。

高三的心态与状态也是我们备考时要重点关注的。出现所谓的"平台期""高原期"等都是正常的，但关键是我们一定要清楚地知道自己当前的状态，然后主动调整，给自己积极的暗示。

此外，在高三的最后阶段，不管遇到什么事情，同学们都要保持冷静。心态积极、保持平静就是最好的。最后两周的自主复习一定要有自己的规划，第一周可以保持一种与平日相近的复习节奏，第二周可以适当放慢节奏，最后高考的时候保持平常心就好。

各学科的学习建议

一、语文

语文的学习需要我们紧跟老师的课堂节奏，扎实地学好每个板块的知识。在做题之后，我们要适当总结答题套路，反套路的题积累得多了，我们就会发现这些题的答案其实也有一些特殊的内在逻辑。在回答题目时，我们可以适当跳出题目，结合实际生活进行思考。同时，我们要坚持积累名人名言和素材，特别是关于青年榜样的素材，最好是按照话题进行积累与记忆。如果有时间，我们可以多阅读、多练字。

二、数学

想要学好数学，首先需要我们熟悉课本中的概念与知识点。同时，我们要坚持在上课时做笔记，高三时要不断完善自己的笔记，要对自己的笔记本非常熟悉。我们也要在课下建立知识框架，熟悉题目条件的多种转化方式、典型题目的处理方法。除此之外，我们也要重视错题的总结和反思。

三、英语

在学习英语的过程中，我们要多背单词，拓展词汇量，对于考试中遇到的陌生的单词要及时积累，并适当积累好词好句。除了单词，英语语法我们也要掌握到位。在每次考试后，我们要反思并总结选择题的出题逻辑。对于读后续写这样的题目，我们要掌握情节与人物的分析方法，准确把握主旨并进行外化。

关于心态调整

我平时的备考心态可用十个字概括：热情而冷静，自信且坚定。建议同学们尽早调整自己的备考心态。从高一开始，大家就可以在每次的月考、期中考试和期末考试进行高考心态的模拟训练，总结出适合自己的考前与考试期间的心态调整方法。

高考时，我们要保持平稳的心态，略有些紧张也没有关系，但不要因为情绪上的紧张再给自己增添额外的压力，我们要多给自己积极的暗示。三模是检测高考状态的一次很好的契机，如果三模成绩不错，一定要继续保持良好的状态；如果三模成绩不理想，一定要马上总结出问题和解决办法，在最后一周将问题解决，调整好状态。大家平时可以通过体育锻炼等方式调整自己的状态和心态。

关于学习方法

同学们一定要找到适合自己的学习方法，可以借鉴优秀同学的学习方法，但不能复制。大家要合理规划时间，不是一定要"开夜车"或"开早车"才能学得好。我就不"开夜车"，也不"开早车"，这样可以保证自己充足的休息时间。

此外，大家要清楚地知道自己在每个阶段要达成的目标是什么、自己在不同阶段的优势与劣势是什么、自己要通过什么方式攻克自己的薄弱点，从而实现自己的目标。高中是一场长跑，每个阶段有每个阶段的任务，大家不要想着只靠高三一年去完成三年的赛程。

☀ *TIPS*

❶ 高二这一阶段，我们一定要找到自己的优势科目，争取找到一到两个自己擅长的科目并保持优势。与此同时，同学们一定要想办法对自己的薄弱科目进行补救，否则高三再努力是很吃力的。这一年，同学们要把基础知识踏踏实实地学好、学牢。

❷ 在学习上，同学们一定要保持头脑清醒。对于自己的优势和劣势是什么，以及怎样提高成绩，一定要心中有数。高三同学们要做到的就是"保优补弱"，我认为这并不容易。同学们一定要清楚地知道自己每天在做什么，以及这么做是不是收益最大的。

❸ 我平时的备考心态可用十个字概括：热情而冷静，自信且坚定。建议同学们尽早调整自己的备考心态。从高一开始，大家就可以在每次的月考、期中考试和期末考试进行高考心态的模拟训练，总结出适合自己的考前与考试期间的心态调整方法。

❹ 大家要清楚地知道自己在每个阶段要达成的目标是什么、自己在不同阶段的优势与劣势是什么、自己要通过什么方式攻克自己的薄弱点，从而实现自己的目标。高中是一场长跑，每个阶段有每个阶段的任务，大家不要想着只靠高三一年去完成三年的赛程。

7

合理规划，逐梦燕园

学生姓名：陶浩宇

录取院系：数学科学学院

毕业中学：浙江省宁波市镇海中学

获奖信息：2020 年中国数学奥林匹克竞赛一等奖

2018 年、2019 年、2020 年全国高中数学联赛一等奖从沁园到燕园，从梓荫阁到博雅塔，这漫漫长路，见证着我三年来的努力与拼搏。今天，我想将这三年的学习经验分享给各位学弟学妹们，希望能对你们之后的学习生活有所裨益。

制订合理的学习计划

高中三年的每个阶段我们都要制订合理的学习计划。高中阶段要学习的科目较多，我们很难兼顾所有的科目，并且我们将在不同时期面临各个科目的学考与选考，我们的学习重心也应当有所偏移。还有很多同学会参加各类竞赛，合理地统筹竞赛与文化课的时间分配也至关重要。因此，在各学习阶段制订适合自己的学习计划显得尤为重要。

由于我高中阶段在竞赛方面花费了较多的时间，并且也取得了不错的成绩，所以我先谈谈我竞赛学习方面的规划。

竞赛学习与普通的学科学习不同，竞赛的知识点繁杂，对学习思维的要求较高，只有投入了较多的时间才能有所收获。因此，合理规划高中三年的竞赛学习可以使我们的努力事半功倍。如果你是一个刚接触竞赛的新手，就应该先了解竞赛所涉及的各个方向的基本知识点和解题技巧，构建大致的知识框架，而不是直接挑难题"硬啃"。如果你对基本的解题技巧并不熟悉，就算"硬啃"下了几道难题，解题能力也不会有明显的提高。在有了基本的知识储备后，同学们就可以先挑一些相对简单的题来做，或钻研一下自己感兴趣的内容。例如，在高一学习数学竞赛时，同学们就可以先突破代数、几何这两个相对简单、直观的板块，在水平有一定提升后，再去钻研数论、组合这两个相对抽象、有难度的板块。

接下来，我们再谈一谈如何平衡好竞赛与文化课的学习。对于大部分同学来说，竞赛只是迈入高校的一条路径，而并非一条捷径。竞赛学习的投入成本极高，但最终的成绩却可能并不理想，我们很容易因为比赛时状态不佳或题目"不合胃口"使之前的努力付诸东流。相对来说，高考成绩的稳定性较高，高考的难度也相对较低。因此，在学好文化课的同时投入适当的时间学习竞赛，将竞赛作为一种提升能力、辅助升学的途径，对很多成绩优秀的同学来说是一个相对不错的选择。毕竟与没有接触过任何竞赛知识的普通学生相比，竞赛生在一些高校的招生考试中占据巨大的优势，并且竞赛能使我们的思维能力得到训练，这也有助于我们各学科学习能力的提升。

那么，我们该如何通过合理的学业规划来平衡高中三年的竞赛与文化课的学习呢？

首先，竞赛成绩十分优秀的同学完全可以选择将时间全部分配在竞赛学习上，通过竞赛保送的方式升学。但是对于不是很有希望获得保送机会的同学来说，我并不建议大家放弃文化课的学习。这些同学应该在保证不落下文化课的前提下，利用周末或假期时间来学习竞赛。以数学竞赛为例，高中三年一共有三次全国高中数学联赛，每一年我们都可以根据自身的情况来具体规划学习的方向和重点。比如，大部分高一、高二的同学学习竞赛的时间不长，能力并不强，进入省队的机会也不大。此时我比较建议同学们将重心放在文化课的学习上，打好文化课的基础。在课余时间，同学们可以跟着学校的竞赛老师学习，或自己挑选书籍进行自学，掌握竞赛各个方向的基础知识和解题技巧。在高三的全国高中数学联赛前，同学们就可以适当地将重心移到竞赛学习上，多花时间钻研竞赛中的难题和综合题，冲刺省队、集训队。由于此时大部分学校都已经开始进行高考的一轮复习，如果高一、高二时大家的文化课基础足够扎实，就算未能通过竞赛获得保送的机会，选择正常参加高考，缺少一轮复习并不会对大家的高考成绩产生很大的影响。

当然，以上所介绍的只是一种竞赛学习的模式，我的高中竞赛之路也大致是按照这个模式进行的。每个人的学习习惯和学习方式各有不同，所以同学们完全可以规划一条适合自身特点的模式。比如，有些同学不愿意放弃每一节文化课，那也可以只利用联赛前暑假的两个月进行集中训练（全国高中数学联赛一般安排在每年9月份）；有的同学学习竞赛较早，在高一、高二阶段就有较高的竞赛水准，这些同学可以在高一、高二时就集中精力突破竞赛，若未取得满意的成绩，可以在高二参加联赛后重新学习文化课。每个同学都会有不同的规划，但是总体来说，我还是比较建议大家重视自己的文化课成绩，否则竞赛的意外失利很可能成为同学们升学过程中永远迈不过去的那道坎。

我们再来聊聊文化课的一些学习规划。我认为，高中学习最重要的是听课和作业，所有其他的学习规划都应该建立在每天认真听课和认真完成作业的基础上。在此基础上，我们可以合理地规划和利用剩余的时间，在不同的学习阶段选择不同的学习重点。例如，如果某门课老师的上课速度较快，或者平时你这门课的考试成绩不理想，你就可以在课余时间多翻翻书、做做习题，增进对这部分知识的理解。又比如，在午餐、晚餐后等碎片化的时间，大家也可以朗读或背诵文科中很多需要记忆的内容；在自习课或一整段能安静学习的时间，同学们就可以对理科的问题进行充分的思考。类似具体的学习规划有很多，规划的最终目的都是实现时间的高效利用。适合自己的学习计划可以让你在奔向梦想的路上不再迷茫，以更加自信的姿态面对未来的挑战。

当然，制订计划是一回事，执行计划是另一回事。没有恒心与毅力，所有精心准备的学习计划不过是纸上谈兵，三天打鱼、两天晒网，必定一事无成。没有付出和努力，哪能收获优异的成绩？很少人能够凭一时的冲刺而一飞冲天，更多的成功者都是在别人玩乐时奋力前行。如果能坚持执行自己的计划，我相信，时间终究会给你满意的答案。

保持良好的学习状态

保持良好的学习状态是提升成绩的一大秘诀。平日里同一个班的同学上同样的课、做同样的作业，为何最终的考试成绩会有很大的差距？我觉得学习状态是一个很重要的影响因素。每天听课、做作业到底是为了完成任务而得过且过，还是为了学习能力的提升而尽心尽力？每次考试失利后是选择以消极的心态抗拒学习，还是重拾信心，继续拼搏？在高考面前，只要勇往直前，没有克服不了的困难，没有迈不过去的坎。

高一的时候，我参加完竞赛回学校上课，很多科目我都没有上过课，自己只看过课本和教辅书。我自以为已经掌握了书中的大部分知识点，化学考试的时候我却在很多细小的知识点和易错点上丢了分。当时的我十分沮丧，但也积极地调整了自己的学习策略与方法，尽可能整理出所有自己有可能犯错的比较细的考点，同时我也加大了课外题目的训练量，最终在下一次的考试中取得了班级第一名（凭借一些运气）。无论何时，我们都要保持对学习的热忱，保持自信，在逆境中也要吹响冲向成功的号角。以积极的心态面对学习，方能在看似枯燥的学习中觅得趣味，在重复的训练与考试中获得成功的满足感。

除了要拥有积极的心态，学习时的专注度也会直接影响到同学们学习时的状态。我们要能静得下心来学习，沉得住气去思考，心无旁骛，专注于学习本身，这样才有可能达到事半功倍的效果。另外，并不是说每天学习的时间越长越好，同学们要保证充足的睡眠时间与运动量，如果第二天如果没有良好的精神状态，学习效率会更低。总之，学习最重要的是效率，而不是花费的时间。

关于做题与看书的关系

接下来，我想聊聊做题与看书的关系。在我看来，看书与做题这两者是相辅相成的。对于很多科目来说，课本是所有考点和知识的根源所在，因此，熟悉课本是学习许多科目的基本要求。熟读课本不但可以让我们熟悉书中的各个细节，而且可以帮助我们建立起该学科的知识体系，便于我们更加清楚地了解各知识点间的联系，从整体上理解课本的内容与思想。熟悉课本可以有效地提升我们综合利用各类知识的能力，这样我们就能在做题时做到游刃有余、运筹帷幄。

做题也是一种熟悉知识、运用知识的重要方式，可以深化我们对课本内容的理解，提高我们解题的熟练度。如果做题时遇到不熟悉、不理解的内容，我们可以到课本中寻找答案。如果在做题中遇到易错的知识点、常考的知识点，我们也可以在课本中标明重点。

在平时的学习中，有很多同学曾问我，做哪本教辅书、刷多少题才能有效地提高考试成绩。我通常会告诉他们，认真听老师上的每一节课、认真做好老师布置的每一次作业才是快速提升成绩的关键。至于课外教辅书，同学们可以在学有余力时做一做，强化自己的薄弱环节。其实，市面上的教辅书的题目质量相差并不大，最关键的并不是刷题的数量，而是每做一道题我们能收获多少，也就是说我们要有目的性地去做题。每做一道题，我们都可以反思一下，类似的知识点、易错点自己是否都已经牢记于心，自己做题的方法与思路是否能有所改进，自己应如何避免不该出现的失误，等等。如果一味地去盲目刷题，不但会浪费自己宝贵的时间，还会浪费很多高质量的题目。

在大型考试前，任课老师通常都会告诉我们要多看课本，但能坚持认真看完课本的同学实际上并不是很多。有些同学觉得单纯地看课本实在太单调，刚看一会儿就昏昏欲睡，课本中的内容看似全都读过了一遍，实际上什么都没记进去。诚然，呆坐在座位上盯着翻过一遍又一遍的课本的确索然无味，此时同学们不妨拿出一张草稿纸，将看到的一些关键词随手记在纸上，嘴里也可以默读几遍。在看完几章内容后，同学们也可以尝试着用纸上的关键词回想重要的知识点，这样可以有效地提高复习的效率。同时，同学们也要合理安排复习时看书与做题的时间，尽可能将看书与做题交替进行，将文科复习与理科复习交替进行，这样可以使我们在学习的过程中保持兴奋的状态。

我的学习秘诀

最后，我还有一些学习方面的小技巧分享给大家。

第一，遇到问题要尽快与同学和老师交流。不论是什么科目，初学时我们总会对个别地方有疑惑。此时，同学与老师就是大家最好的资源。多与同学交流可以使自己了解其他人思考问题的方式，弥补自己知识系统中的漏洞与不足。多与老师交流可以使自己得到更加专业、权威的解答，也可以得到更具针对性的辅导。

第二，我们要学会将类似的题目进行类比和总结。当遇到一些题面相似而答案不同的题目时，提升我们学习能力的机会就来了。将这类题目放在一起比较时，我们可以更加深入地理解这类题目的解题思路，从更高的层次理解出题人的想法。将这类题目进行类比和总结后，我们就会对这些题目有更加独到、深刻的理解。

第三，同学们要注重考试的过程，不要太在意结果。很多同学考试时都会特别紧张，包括我自己。考试时我们会担心自己看漏了或写错了，并因此一直心神不宁。其实考试就是一次对自己能力的检验，如果我们无法预测结果，我们唯一能做的只有认真踏实地做好每一道题。只要我们在做每一道题的时候都尽力而为，无论结果如何都不会留有遗憾。

高中三年的学习带给我们的不只是能力上的提升，还有心态上的历练。希望同学们能够永远保持积极向上的心态，找到属于自己的学习方法，也希望我的学习经验能在同学们逐梦燕园的道路上助大家一臂之力！

☀ *TIPS*:

❶ 高中学习最重要的是听课和作业，所有其他的学习规划都应该建立在每天认真听课和认真完成作业的基础上。在此基础上，我们可以合理地规划和利用剩余的时间，在不同的学习阶段选择不同的学习重点。

❷ 对于很多科目来说，课本是所有考点和知识的根源所在，因此，熟悉课本是学习许多科目的基本要求。熟读课本不但可以让我们熟悉书中的各个细节，而且可以帮助我们建立起该学科的知识体系，便于我们更加清楚地了解各知识点间的联系，从整体上理解课本的内容与思想。

❸ 市面上的教辅书的题目质量相差并不大，最关键的并不是刷题的数量，而是每做一道题我们能收获多少，也就是说我们要有目的性地去做题。每做一道题，我们都可以反思一下，类似的知识点、易错点自己是否都已经牢记于心，自己做题的方法与思路是否能有所改进，自己应如何避免不该出现的失误，等等。

❹ 我们要学会将类似的题目进行类比和总结。当遇到一些题面相似而答案不同的题目时，提升我们学习能力的机会就来了。将这类题目放在一起比较时，我们可以更加深入地理解这类题目的解题思路，从更高的层次理解出题人的想法。

8

君子生非异也，善假于物也

🕐 **学生姓名：** 王天晓

🎓 **录取院系：** 光华管理学院

🏛 **毕业中学：** 北京景山学校远洋分校

⭐ **获奖信息：** 2021 年北京市三好学生

第 37 届全国中学生物理竞赛（省级赛区）三等奖

第 32 届北京市高中力学竞赛（决赛）三等奖

既然你看到了这篇文章，并且愿意读下去，那么我相信你是一名富有上进心的学生。希望我接下来的分享能够对你有所帮助。

回首十二载求学时光，高中三年是最紧张的，也是最关键的，因此我的介绍将围绕高中阶段的学习展开。

我认为，在高中阶段，得学习方法者得天下。诚然，智商和努力对学习而言都无比重要。可天才终究是少数，大多数人的智商都差不多，我们很难仅凭智商与他人拉开差距。努力固然必不可少，可升入高中后，尤其是高三之后，谁还不懂"书山有路勤为径"或是"宝剑锋从磨砺出"的道理呢？努力也很难成为我们的核心优势。在智商差不多的情况下，大家付出同样的努力，是南辕北辙还是一日千里，这就要看学习方法的好坏。正所谓"君子生非异也，善假于物也"，学习方法才是高中学习最关键的因素。

学习方法涵盖的内容比较广泛，既包括比较宏观的规划、复盘、心态调整和时间管理，也包括比较具体的各科学习思路。各个方面都是不可缺失的，因此我将依次加以介绍。

规划与复盘

规划与复盘堪称一对"双生子"——事前要做规划，事后要进行复盘。规划可以让我们的学习更有条理，从而提高效率。做规划既要"仰望星空"，提前思考自己的目标院校和预期分数，也要"脚踏实地"，预先安排好每一周甚至每一天的学习任务。复盘则是"吾日三省吾身"，我们可以通过复盘反思自己在这场考试中暴露出了哪些不足，或者梳理自己这个周末完成了哪些任务，思考是否能进一步提高学习效率。通过复盘，我们可以总结经验和教训，从而调整学习节奏，优化学习方法。

调整心态

规划和复盘并不能解决所有问题，高中生活总会出现一些让我们难过的特殊情况，比如成绩滑坡、家庭变故等。人不是机器，我们难免会受到情绪的影响，经历学习状态的低谷。因此，心态调节也十分重要。最重要的是，我们要正视自己的情绪，承认自己的确应该难过，不要因为自己心情不好、状态欠佳就倍感焦虑，这只会火上浇油。在此基础上，我们可以适当减少学习任务，去向师长、友人倾诉，或者自己一个人静静，慢慢平复自己的情绪。在学习上，也存在所谓的"过刚易折"，良好的心态调节能力才能提升我们的"韧性"。

时间管理

在高中阶段，我们主要有以下三部分时间——课上的时间、课下写作业的时间和课下自主支配的时间。一寸光阴一寸金，这三部分时间都需要我们妥善利用。

一、利用好课上的时间

上课的关键自然是听讲，在这一点上，我认为有两种想法大家需要警惕。

其一，认为自己已经提前学习过，不再需要听讲，自习就行。有这种想法的同学显然没意识到老师在课上会讲解得更详细、更具体，并且有互动，这是不可替代的。

其二，认为自己上课只管记笔记就行，要抄下老师所有的板书，甚至是每句话。这种想法也不大妥当，因为仅凭抄写并不能让自己充分地理解知识。

在我看来，我们在听讲时首先要做到专心致志，不可分心在作业、聊天等事上；其次要有所侧重，人不是铁打的，一整节课都全神贯注是很难的，因此我们着重听老师讲重难点即可。最重要的是我们要有自己的思考，在听的过程中多问自己几个问题，比如"这个定理是怎么得出的"或者"这个事件和历史上的另一个事件有什么异同"。

二、合理安排课下写作业的时间

关于课下写作业的时间，我主要想提醒大家作业的两面性。一方面，作业由老师精心挑选，又会经过老师认真批改，因而对巩固课堂所学很有意义，我们必须认真完成；另一方面，老师布置的作业终究是面向大多数同学的，难免缺乏针对性，缺乏个性化的学习安排。所以，我们要正确看待作业，合理安排课下写作业的时间。

三、利用好课下自主支配的时间

关于课下自主支配的时间，我认为最重要的是劳逸结合。一张一弛，文武之道，把所有时间都花在学习上反而会使我们疲惫不堪，大大降低学习效率。

首先，我们一定要有充足的休息时间，找到适合自己的睡眠模式。这没有固定的标准，能保证白天精力充沛就好。其次，要坚持体育锻炼。当你沐浴在阳光下奔跑，或是沉醉在微风中骑行，又或者在球场上辗转腾挪、挥汗如雨，压力与烦恼便随风而逝了，头脑也会更加清醒。还有，别忘了花点时间在自己喜欢的事上。我们可以看一本书，短暂地到作家创造的世界中旅行；或是下一盘棋，享受一场思维的风暴。这些能使我们的生活更加丰富，从而让我们拥有充足的动力投身到学习中去。

除了这三个部分，剩下的时间就要用于自主学习了，这是让我们的学习具有竞争力的关键。自主学习切忌沉溺在只学自己优势科目的快感中，这样只会让自己在偏科的"不归路"上越走越远。我们需要根据自己每科的情况制订恰当的方案，实现均衡的提高。

各科学习思路

我是北京考生，参加的是新高考，除了必考的语文、数学、英语外，我选择了物理、历史、政治这三科，因此我将分享这六科的学习经验和学习方法。

一、理科学习方法

我没什么学习理科的天赋，也没有特别浓厚的兴趣，或许不少同学也有同样的情况。可是，通过采取恰当的学习方法，我的数学和物理在高考中都取得了不错的成绩。

作为理科，这两门科目是有一定共性的，在学习时我们可以学会触类旁通。其中，数学处于底层位置，是物理的工具，应着重掌握。

如果数学不好，那么物理也很难学得出色。我们可以将这两科的学习划分为知识和应用（这里主要指做题）两个层面。在知识层面，我们首先要做到的是真正理解知识，切忌仅仅把公式、定理背下来，然后就不假思索地使用。

对于数学，我一般会独立推导一遍公式和定理来深化理解；对于物理，我会选择仔细阅读一遍课本，了解这部分知识背后的前因后果。这能够锻炼我们的逻辑思维和理性思考的能力，为之后在做题中攻坚克难打下基础。当然，即便我们深入理解了知识，知识仍然是点状的，需要我们对其进行梳理，并将其结构化。我推荐大家使用思维导图的方式来梳理知识体系，纸质的或者电子版的都可以，我个人习惯用电子版，用 Xmind 这个软件来制作就比较方便。

充分掌握知识后，就要进入应用层面，也就是做题。刷题是不可避免的，毕竟考试时间那么紧张，我们不但要会做题，还要做得又快又准，这只能靠熟能生巧。但刷题不代表要陷入题目的“汪洋大海”，精细地刷题效果更佳。这需要我们根据错题反思自己的知识漏洞和能力短板，有针对性地提高自己的解题能力，然后改正错题，总结教训。坚持在这两个层面上努力，数学和物理肯定会有所进步。

二、文科学习方法

历史和政治这两个学科也具有一定的共性，我放在一起来介绍。不少人有一个偏见，认为这两科只需要死记硬背，这个观点显然并不科学。历史的史实的确需要我们直接记住，但历史的史论以及政治的原理都必须先理解、再记忆，否则我们不但记不住，即便记下了也难以应用。由于这两科的知识体量相对庞杂，在理解和记忆的基础上，我们也应该通过思维导图等方式进行梳理，以免造成混乱。

在做题方面，我们既要全面而细致地掌握知识，来应对选择题，也要提升知识的迁移运用能力，从而应对主观题。这两部分都需要我们在做题中提高，反思和改错必不可少。

可以看出，这两科在学习方法上其实和数学、物理有相似之处。此外，正如想把诗写好，就要明白"工夫在诗外"，这两科也需要知识、题目之外的"工夫"。对历史学习而言，我们需要在学习中厚植家国情怀；对政治学习而言，我们需要在学习之余开阔视野、关注时事。只要在这几个层面上统筹兼顾，历史、政治不愁学不好。

三、语文、英语学习方法

语文和英语都是学习语言的学科，也可以一起介绍。二者最大的共同点就是需要积累，学好这两科不可能一蹴而就，因此我们必须从高一、高二就开始广泛积累，不能指望仅凭高三努力就能进步。

对语文而言，积累主要体现在阅读和写作上，需要我们多读、多写。这个阶段切忌急功近利，即便是阅读高考范围之外的名著，或天马行空地练笔，都会对我们有所帮助。

对英语而言，除了读写外，积累还主要体现在词汇上，这需要我们尽早背完高考所需的词汇，以免高三时力不从心。我个人习惯把单词书和背单词的软件结合起来用。然而，有丰富的积累不代表能很好地应对考试，一遍遍地做题同样必不可少。

对于语文阅读题，我们要提升筛选、整合、概括、鉴赏等能力，并独立总结繁多题目背后的简洁规律；对于英语阅读题，我们要提高阅读速度，增强信息检索、推理等能力。对于写作，语文和英语都需要我们大量审题、读范文、写作文、改作文，不厌其烦地进行构思和修改。总之，要学好这两科，千万不能醉心于模板和套路，而是要练出真功夫、硬本事！

　　以上就是所有我想分享的学习经验与学习方法，希望对同学们有所启发。最后我想说，学习固然要靠自己，但一路走来，老师的引导与家长的支持都发挥着至关重要的作用。当你历尽高考路上的风雨，终见彩虹，也请不要忘记对他们心怀感恩。

　　衷心祝愿同学们能学有所成，拥有一个因拼搏与奋斗而无怨无悔的精彩青春！

☀ *TIPS*

　　❶ 规划与复盘堪称一对"双生子"——事前要做规划，事后要进行复盘。规划可以让我们的学习更有条理，从而提高效率。做规划既要"仰望星空"，提前思考自己的目标院校和预期分数，也要"脚踏实地"，预先安排好每一周甚至每一天的学习任务。

　　❷ 在我看来，听讲时首先要专心致志，不可分心在作业、聊天等事上；其次要有所侧重，人不是铁打的，一整节课都全神贯注很难，因此我们着重听老师讲重难点即可。最重要的是我们要有自己的思考，在听的过程中多问自己几个问题。

　　❸ 自主学习切忌沉溺在只学自己优势科目的快感中，这样只会让自己在偏科的"不归路"上越走越远。我们需要根据自己每科的情况制订恰当的方案，实现均衡的提高。

　　❹ 在知识层面，我们首先要做到的是真正理解知识，切忌仅仅把公式、定理背下来，然后就不假思索地使用。当然，即便我们深入理解了知识，知识仍然是点状的，需要我们对其进行梳理，并将其结构化。

第三篇

筑梦未来
高效学习有妙招

筑
梦
未
来

9

回首来时路漫漫，
志存高远踏新征

👤 **学生姓名：** 张立儒

🎓 **录取院系：** 信息科学技术学院

🏛 **毕业中学：** 辽宁省辽河油田第一高级中学

⭐ **获奖信息：** 2021 年辽宁省优秀共青团员

2020 年盘锦市三好学生

当我用鼠标按下"提交"键，耳边响起招生组学长的阵阵掌声与欢呼声时，我的心情重归平静。此时，北大已不再是一个高不可攀的梦，而是行则将至的诗和远方。

首先，我很荣幸自己能成为一名北大人，能够在最美好的青春年华踏入燕园寻梦，提升学术造诣，拓宽认知视野，培养健全人格，丰富人生经历。

回望过去的一千多个日日夜夜，有太多记忆的碎片等待我拾起。既然这些奋斗路上的点滴终将会被淡忘，不如在记忆尚且明晰时将它们一一捕捉。这篇文章既是送给学弟学妹的礼物，也是送给我自己的纪念品。也许有一天，我会被惯常的生活磨平了棱角，深陷消极、倦怠的旋涡中难以逃脱，那时如果我回望这段过往，便将能与一颗稚嫩、单纯而炽热的心灵产生碰撞。

筑梦：群英荟萃，思想自由

"百年来，北大始终秉承'思想自由，兼容并包'的学术传统。古与今、中与西、文与理、道与术、人与物在这里交融、辉映，汇聚成了独特的、像大海一样深广的精神魅力。"

我在北大公众号上偶然读到这段话时，便被北大浓厚的学术底蕴所吸引。随着我对北大的了解逐渐深入，北大在我心中逐渐从"最高学府"的模糊印象转变成了"有血有肉"的丰满形象——空间上，她汇集了世界各地的学术精英，搭建起了世界文明交流互鉴的桥梁；时间上，她承载着祖国一代又一代革命者、建设者的集体记忆，与祖国的发展血脉相连。

我是一个十分向往思想自由的人，对人文社科有着浓厚的兴趣。小时候，我喜欢阅读文史类的书，长大后对哲学、社会学等学科知识也有所涉猎。虽然我是理科生，但我时常用人文的观点去分析社会问题，给出自己的答案，所以北大"欢迎新事物、包容新思想"的自由的学术氛围使她在我的心目中充满魅力。这里可以碰撞出思维的火花，增加生命的厚度与韧性，从而提升自身价值并创造社会价值。

那时，我的梦很简单，很纯粹，也很坚定——这一生一定要来北大读一次书。

逐梦：泛舟学海，奋楫笃行

回望过往，这一段追梦历程漫长且艰辛，洒满了汗水与泪水，我也收获了很多经验。现在我把这些经验分享出来供大家参考。

一、卓越是一种选择，自律是一种习惯

我认为自律是最为重要的品质。高一寒假时疫情突然暴发，我们开始上网课，开学时间一度被拖延到了五月末。四个月的居家学习让很多同学放飞自我，而我在这四个月中除了身体不舒服的日子以外，

几乎每天都严格保持着六点半起床、十一点半睡觉的作息。在这段日子里，虽然我遇到了不少困难，比如适应网课、学习新知识、无休止地刷题与考试，甚至要忍受楼前楼后从未间断的施工声，但我的内心却很少与惰性抗争。当自律成为习惯后，我感受到的更多是充实与坦然。身边有好多同学把这四个月当假期来过，晒着自己的享乐生活，而我从源头上就没有让自己接触这些，所以更谈不上被惰性干扰。最终，在返校考试中我的成绩遥遥领先，我也因此得到班主任和年级主任的赞赏。

所以，当身边人消极、怠惰时，我们不要随波逐流，而应继续保持高强度的学习节奏。这样做起初会有点困难，但当你逐渐适应这样的学习生活，不被周围的喧嚣打扰时，你的能力就会得到很大的提升，你也会收获身为强者的自信与从容。

当然，自律不是指一味地逼迫自己适应高强度的学习计划，我们的计划必须是科学的、适合自己的，而自律指的是保质保量地去执行计划。

二、眼光放远，明确定位

在我们高中的所有考试中，我只有三四次没考过全校第一。或许在别人眼中我是"常胜将军"，但我心里非常清楚，我只是"a big fish in a small pond"。我知道我与其他强校的"全校第一"存在着较大差距，所以每次我考了全校第一，甚至是落下第二名几十分的时候，我仍然会保持冷静，认真找出每次考试中我存在的问题，而不是"刀枪入库，马放南山"。高考是全省竞争，校内排名靠前不代表在全省竞争中占据优势。每场考试后，我们都要关注自己的试卷与满分试卷的差距，精准地发现问题并解决问题，而不要被一时的排名迷惑。

同时，为了缩小差距，我在完成学校任务的基础上还会给自己大量"加餐"。学校布置的学习任务只是针对大部分同学设计的，如果我们想要追求更高层次的目标，就要跳出学校平台的局限，去获取更多的资源。这就要提到我对手机、互联网的合理运用了。在保证质量地完成学校任务的基础上，我还会在网上寻找相关知识点进行自我提升。我的手机至今仍保存着近一万张截屏，它们中有的是数学和物理压轴题的解析，有的是英语单词和写作句型，有的是语文作文素材。合理运用互联网资源既能锻炼我们收集信息、甄别信息的能力，也是自律意识的体现。

那么，我们如何才能更有效率地处理这些习题呢？

首先，以"查漏"为目的刷题时，刷题的覆盖面尽量要广，要尽可能照顾到每一个知识点及其延伸内容。大家不妨做一做大省市的模拟卷（部分模拟卷质量不高，要注意甄别）或者往年的高考真题。强烈推荐大家反复刷一套高考真题，摸清命题人想要考查的知识点、难度设置等，这样可以让我们在备考中远离"偏难怪"的题目，达到事半功倍的效果。

其次，以"补缺"为目的刷题时，不要"大面积撒网"，要有针对性。比如这段时间自己解析几何类题目的准确率不是很高，那就可以多做一些相关的习题，提升准确率。在高三复习阶段，我们可能会遇到各种各样的新问题，遇到新问题不要回避，要尽早解决。

最后，我认为最重要的，也是最难做到的一点，就是把平时的作业当作考试来做。一些同学在考试的时候能做到百分之百集中注意力，那为什么平时写作业就要一会发个呆，一会吃点零食，一会翻翻手机呢？如果你能做到把平时的作业完全当作考试的话，你会发现作业"越写越好写"，自己在考场上的心态也会更稳。

三、善于总结，重点关注"错题"

这里所说的"错题"不完全指做错的题，有很多题我们写对了答案，但背后的知识点我们没完全搞懂，这种题也算"错题"，也需要我们整理。有的数学大题结果算对了，但解题过程不严谨、不规范，这类题我们要整理；有的题出成选择题能做对，出成填空题就容易错，这种题我们也要整理（比如需要分类、分区间讨论的题）。整理"错题"时，我们要注意以下几个方面：

第一，"错题"本要精简。同一个知识点的"错题"可以只整理一两道，这样能节约时间。

第二，要明确"错因"。写"错因"的时候不要写得太简单，要写得具体一些，比如"自己没注意到分母不为零"。

第三，"错题"要反复做。"错题"只看一两遍，几周后重新做很可能还会做错。

因此，我们要记住，"看懂"和"学会"之间还有很大的距离。

四、关于英语、语文的学习

很多同学会问：我明明背了很多句型、素材，结果到了考场根本用不上，怎么办？其实语言的学习讲究的是"输入"与"输出"，也就是"积累"与"运用"，二者缺一不可。很多同学积累得多，但实操少，运用得少，所以考场上想不起来。我的语文作文也曾有同样的问题，自己明明读了很多书，记了很多素材，结果到考场上就"吃瘪"。于是我每天回家后会先动笔写几段作文（这个过程非常痛苦，我几乎是强迫自己去动笔），之后找老师修改。坚持一个月后，我发现我不仅会"套"素材了，还会"活用"素材了，我能将一个素材放进不同的作文中"自圆其说"，这就是"输出"到位的结果。

总之，稳扎稳打，步步为营，我们就能不留遗憾。

守梦：如果不曾遇见你

考上北大从来不只是我一个人的成功，我的家人时时刻刻都在关心我、支持我。除了我的父母，我还有一位非常重要的亲人——我的双胞胎哥哥张立贤。

我们从小一起长大。在我们心中，对方总是那样的优秀。于我而言，他比我要自律、沉稳得多，也一直是我的榜样。两个人一同追梦的身影一直是我们最难以忘怀的——我们每天早晨背着书包跑步上学，穿过小径、车流与人群；下课时，我偶尔会到他的班级门口向里望，看到他埋头学习的身影我便不敢松懈；我们每天都会把学习重点写在手上，在放学路上边走边讨论；在网上找到好题，我们会发送给对方；我们也会互相提醒，学习再忙也不要忘了喝水……

他的学习品质和我相当，而他的心态比我更加沉稳。高三时，我的心态总会出现很大的波动，甚至有时候我会对他乱发脾气，但他对我的无理取闹总是充满了耐心和隐忍。每当我浮躁或消沉时，他都会站在我的角度和我谈心。他曾和我说，当这种消极情绪出现时，不要想着怎样去摆脱或者逃离这种情绪，而应该仅仅用思维去感知、察觉这种情绪的存在，这就够了。很多人的思维会被消极情绪影响，但其实思维和情绪是可以做到互相独立的。无论是想要摆脱消极情绪，还是已经陷入消极情绪，都意味着思维已经受到了情绪的影响，这种被影响的思维是无益于心态提升的。以一个旁观者的视角去看待我们的情绪，让情绪"来去自由"，就可以帮助我们逐渐与内心和解，这也是我给大家心态方面的一些建议。

最后我考进北大，他却因为发挥失常考进北航。当初共同圆梦北大的心愿最终未能实现，心中虽有万千遗憾，但依然期待着未来能够圆满。

"我还在等待着故事的后续，你一定要在北大等我哦。"想到那个和我一样跌跌撞撞奔向成熟的少年，我便满眼热泪。

圆梦：长夜尽散，旭日初升

在被北大录取后的第二天的清晨，我看到了朝霞。

天际的红色，北大的红色，还有少年满腔热血的红色，融合在了一起。

全新的人生，遥远的未来，都等待着我一一开启。

☼ TIPS

❶ 当身边人消极、怠惰时，我们不要随波逐流，而应继续保持高强度的学习节奏。这样做起初会有点困难，但当你逐渐适应这样的学习生活，不为周围的喧嚣打扰时，你的能力就会得到很大的提升，你也会收获身为强者的自信与从容。

❷ 在保证质量地完成学校任务的基础上，我还会在网上找相关知识点进行自我提升。我的手机至今仍保存着近一万张截屏，它们中有的是数学和物理压轴题的解析，有的是英语单词和写作句型，有的是语文作文素材。合理运用互联网资源既能锻炼我们收集信息、甄别信息的能力，也是自律意识的体现。这也是大学学习的必备素质。

❸ 我认为最重要的，也是最难做到的一点，就是把平时的作业当作考试来做。一些同学在考试的时候能做到百分之百集中注意力。如果你能做到把平时的作业完全当作考试的话，你会发现作业"越写越好写"，自己在考场上的心态也会更稳。

❹ 很多人的思维会被消极情绪影响，但其实思维和情绪是可以做到互相独立的。无论是想要摆脱消极情绪，还是已经陷入消极情绪，都意味着思维已经受到了情绪的影响，这种被影响的思维是无益于心态提升的。以一个旁观者的视角去看待我们的情绪，让情绪"来去自由"，就可以帮助我们逐渐与内心和解。

10

跨越山海，见证理想

👤 学生姓名：张可欣

🎓 录取院系：城市与环境学院

🏛 毕业中学：天津市武清区杨村第一中学

"每个优秀的人都有一段沉默的时光，那段时光是付出了很多努力却得不到结果的日子，我们把它叫作扎根。"学弟学妹们要知道，曾经的我也抱怨过写不完的作业、刷不完的题、背不完的单词、整理不完的错题……我也曾听过很多的学习经验分享，看过很多的学霸秘籍手册，但其实很少有适合所有人的考试和学习经验，真正适合自己的路只能由自己摸索。学习的过程实则是成长的过程、扎根的过程，我们要向下扎根、向上生长，在根基牢固之时走上高考考场、人生考场，便"任尔东西南北风"，我自岿然不动。

我的高中三年可以用"顺其自然"四个字来总结，但这指的并不是随波逐流、放纵自我，而是一切都按部就班地去做，去慢慢摸索。有不好的习惯就一个个改掉，方法不适合就一次次改进，我在学习这条路上琢磨了三年，才勉强看到了希望的光。聪明的小孩有很多，可更多的是和我们一样的普通人，倔强而顽强，愿意去闯。我们要相信，只要付出了努力，广阔的天地就会属于我们。

下面我要写的这些不是要教你们怎么做能考上名校，而是想让你们少走一些我曾走过的弯路，但更多的学习经验与方法仍需要你们去试验、去总结。太阳虽好，总要诸君亲自去晒，不是吗？

学会分配自己的时间和精力

我把"分配"归为两类，即分配时间和分配自己花在各个科目的精力，这需要我们有很强的自主性，需要我们很好地了解自己。

高一上学期的我刚开始接触高中的九门学科，在兴奋之余，我还有想把一切都做好的冲劲儿，于是我用大量的时间背诵每一科的内容，整理每一科的笔记，甚至"时间不够，睡眠来凑"。这也使我白天在课堂上无精打采，效率极低，这样的情况持续了好一段时间。直到看到自己的考试成绩一次次退步，我实在忍受不了。我在想："我都这样努力了，为什么成绩还是上不去？"

我开始分析自身的问题。从试卷上看，我在基础知识上的问题都不大，因为马虎而出现的问题也比较少，但我在延伸的知识点上却问题很大。这些知识大部分是上课时老师提到过的知识，但由于我的注意力不够集中，这些知识被我忽略了。后来，我调整了作息时间，这样我既能充分利用课余时间复习和巩固，又能保证课堂效率。因此，我想要强调以下几点。

第一，课堂很重要！即使我们提前上过预科或者预习过，也要认真听老师的讲解。老师拥有的是一手资料，并且老师会扩展和延伸很多相关考题。

第二，分配时间和精力要结合我们对不同知识和科目的掌握程度。合理安排作息要排在第一位，但我们也要利用好零碎时间。例如，我们可以在课间利用前3～4分钟粗略地过一遍上节课的知识大纲，对今日所学的内容有个大概的轮廓。另外，上课时同学们要随时在书本上标明疑问，一旦有问题，下课就去问，这样才能趁热打铁，做好知识的巩固。在课间的后几分钟，大家可以预习下一堂课的知识，也可以背几个单词，或者看一篇古文。

除学习外，我们也要尽量给自己留出放松的时间。在高三时间比较紧的情况下，我通常会在从教学楼通往食堂的路上刻意地慢点走，欣赏一下校园美景。在时间充裕的情况下，我们可以在校园内遛遛弯。

当我确定了选科后，我用在等级考的三个科目上的时间就要超过合格性考试涉及的三个科目。我的选科是物理、生物、地理，其中生物需要记忆的东西更多一些，知识点也更零碎。我记忆力最好的时间段是清晨或者晚上十一点左右，所以我通常在这两个时间段复习生物。对于物理、数学这类需要在头脑清醒时学习的科目，我会在自习课最先完成这些科目的作业，让自己在动力最足的时候做最费脑的题目，这样做也会让自己思考得更为深入。

第三，同学们要及时分析自身出现的问题，不要为一时的成绩、排名而持续低落。"没有什么胜利可言，挺住就意味着一切。"每一次考试都是对自己的检测，都在为高考做铺垫，找到问题并改正才是重中之重。我希望学弟学妹们能够理智而坚强，沉而思之、默而识之。

关于错题整理

高一的我还会很认真地整理错题，用胶带把每道错题认真地贴在本上，然后用蓝笔写正确过程和答案，用红笔写错误原因和关键步骤，那时的我也算是合格的错题整理专家。然而到了高二、高三，会出现一个很严重的问题，那就是我们几乎从不翻看自己整理的错题本，或许是因为新的错题太多，没有时间看旧的，所以错题本记得再好也没能发挥它应有的功效。到了高二下学期，我摸索出了一套适合自己的错题整理方法，这个方法也带动了我身边的同学更为高效地整理错题。这个方法概括起来就是"三个一"，即一句话写关键、一个图画关键、一个词点关键。

对于粗心类错题，比如没有注意到"长轴"和"半长轴"，我们可以把这两个词写在错题本上，然后在这两个词上画圈，错一次画一个圈，再错就在这里画个更大的圈，这样做我们就再也不会在这两个词上出错了。

还有一类属于知识点类错题，比如一道生物选择题有四个选项，如果我们对其中的一个选项比较模糊，把这个选项涉及的知识点写在错题本上就足够了。考前我们可以再拿出错题本看一看，把小而模糊的知识点过一遍。

对于方法类错题的整理，重点在于归纳解题思路。像数学和物理大题，我们可以简单地写一下题目给出的条件，然后写下详细的解答过程，再拿不同颜色的笔把答案分为几个步骤。等下次复习错题时，我们不能先看具体的解答过程，而是要先看题目类型，再看大的解题步骤，然后想想自己现在能否利用以上步骤把这道题解出来。这样我们自然而然就能学会将计算类大题归类思考，这种习惯能够使我们在考场上随机应变，在考试中很快就有解题思路。

以上是我常用的错题整理方法，粗心类错题的整理方法适用于所有学科，知识点类错题的整理方法适用于知识点较为零碎的学科，方法类错题的整理方法适用于理科。

另外，再和大家分享一个我整理地理错题的方法。我分别用两个本记录地理错题，选择题和大题各一个，本子不用很厚，方便记录即可。我们可以把地理选择题的选项当作知识点记录下来。比如，一道选择题的某个正确选项是"在农作物生长的土壤上覆盖黑膜有利于防止杂草生长"，我们可以把这个正确选项记在本上，当下次出题人问

"为什么农作物生长的土壤上要覆盖黑膜"，我们就可以选出"防止杂草生长"这个选项。再比如，某道题的题干信息提及"由冰碛物组成的鼓丘"，我们就可以通过老师的讲解记住"鼓丘"这个模型，如果下次考题中又出现了"鼓丘"，我们自然会知道它"迎冰面陡、背冰面缓"的特点，不用怎么分析就能选出答案，毕竟地理是一门事实性学科。

对于地理大题，我们可以把它们当作模板去整理，比如：

智利地区物种多样性丰富的原因

——地形、纬度、海陆兼备

扩展开便是：

1. 地形多种多样，垂直地带性显著。

2. 南北跨纬度广，有多种气候类型。

3. 海陆兼备，海洋和陆地生物种类丰富。

这样的大题模板简洁而清晰，并且能帮助我们总结大题的解题思路。如果我们能这样一直总结、一直积累，之后我们做大题的时候就不会很吃力了。

关于复习

由于我们在高中学习到的知识比较多，并且比较零碎，复习就变得很关键，而大部分人几乎都把复习的时间安排在了考试前的那几个晚自习或周末。不得不说，临时抱佛脚还是蛮有用的，尤其是复习笔记和错题。

考前的晚自习和周末不同于平时，在这段时间，我们通常有更多自主学习的时间，所以考前是复习的黄金期。在考试之前，我一般会先列出一个考前复习计划表，针对自己的情况写出各科都有哪些内容需要复习，各科需要复习多久，再看距离考试还有多少节课，合理安排每节课的任务。考前我每节课的主要任务就是复习错题，重新过一遍笔记。我们一是要着重看平时的易错点，保证会做的题不出错；二是要看答题模板和解题思路，掌握答题套路；三是要看基础知识。考试前的那个晚自习自然是用来查漏补缺的，这样我们才能更好地应对考试。不管怎么样，我们一定要记得，稳定的考试能力要比考前突击后提升的那几分重要得多。

有人这样说过：备考就像是在小黑屋里洗衣服，你不知道你洗没洗干净，所以你只能一遍一遍去洗。等到上考场的那一刻，灯亮了，你会发现，只要你认真洗过了，那件衣服就会光亮如新，以后每次穿这件衣服，你都会想起那段岁月。

我的刷题攻略

我不太推荐同学们在高一、高二就刷题。首先，我们在高一、高二阶段接触的题目类型少，学的是基本的知识点，延伸的内容并没有特别多，而且刷题也只能刷某个章节或某个知识点的相关题目。其次，经验告诉我，高一、高二买的练习册都没时间刷，就算到了高三有时间刷题，也不会刷高一、高二的题，而是刷综合题找手感、练速度。如果在专项上学得不好，我们也可以买专项练习册。所以，我并不推荐学弟学妹们在高一、高二买大量练习册刷题，我们要先搞定知识点，弄懂老师在学校布置的作业，而不只局限于做完，毕竟错题也是需要我们花一些时间去思考和整理的。

高二如果有足够的时间和精力，我们可以仔细研读一下课本，尤其是政治、历史、生物这三科，课本上的小字也要认真读、认真记。

文科的基础知识都在课本上，地理就相对比较特殊，想要学好地理，除了看课本，我们还要多看地图册。地图册上的知识点很多，图也很多，这些都是很有用且很有趣的。

到了高三，一轮复习过后我们就可以开始刷题了，但我们也不能盲目地去刷，要结合自身情况有针对性地刷题，并且在刷完题之后要总结错题。当我们做完一套卷子，就会知道自己在哪一部分比较薄弱，我们就可以有针对性地先练习这个部分，总结该部分的做题经验和思路，让自己的解题思路更加清晰、明确。同时，我们一定要注重答题过程的规范性，这个是重点，我们不要等考试了再去想答题规范。习惯要在平时养成，这样我们在考场上才能做到临危不乱、不慌不忙。

如果每个模块的知识点我们都掌握得不错，考试中出现的也都是小错误时，我们就可以开始做套卷了。做套卷的时候我们要学会掐时间，一套试卷要求我们多久答完，我们就要按照多久去练，一道题太久没想出来就先放弃。考场上做题时间的分配也是一门技术，我们在平时的练习中要多注意时间的分配，找到适合自己的考试节奏。

在高三下学期，每一科学校都会发套卷，除了做这些套卷，晚上回宿舍后我还会额外计时一小时来练习一套题。如果这段时间自己语文题做得不太好，选择题出错多，就可以做语文套卷（不包括作文）；如果做英语阅读时总静不下心，就做英语套卷……在做完题目并且对完答案后，我们要大致浏览一下整套卷子，看自己哪部分问题最大，然后问自己为什么出错，下次遇到这类题怎么去答更靠近正确答案，多思考，感觉就出来了。

关于心态管理

经历过无数次考试的我们应当用一颗平静、坦然的心去面对高考。我也曾无数次想象高考后自己会有怎样的感受，会不会喜上眉梢，会不会激动到大哭。但当我真正走出考场，我却很平静，甚至觉得有点恍惚。那时的我才发现，那不过是一个阴沉沉的下午，考了一张很普通的卷子，脑海里还回放着考生须知——"十年寒窗苦读，理想即将实现"。我们的未来终究会是星辰大海。

最后，关关难过关关过，前路漫漫亦灿烂。朋友们，但行好事，莫问前程！

TIPS

❶ 当我们做完一套卷子，就会知道自己在哪一部分比较薄弱，我们就可以有针对性地先练习这个部分，总结该部分的做题经验和思路，让自己的解题思路更加清晰、明确。同时，我们一定要注重答题过程的规范性，这个是重点，我们不要等考试了再去想答题规范。习惯要在平时养成，这样我们在考场上才能做到临危不乱、不慌不忙。

❷ 分配时间和精力要结合我们对不同知识和科目的掌握程度。合理安排作息要排在第一位，但我们也要利用好零碎时间。例如，我们可以在课间利用前 3～4 分钟粗略地过一遍上节课的知识大纲，对今日所学的内容有个大概的轮廓。

❸ 同学们要及时分析自身出现的问题，不要为一时的成绩、排名而持续低落。"没有什么胜利可言，挺住就意味着一切。"每一次考试都是对自己的检测，都在为高考做铺垫，找到问题并改正才是重中之重。

❹ 对于方法类错题的整理，重点在于归纳解题思路。像数学和物理大题，我们可以简单地写一下题目给出的条件，然后写下详细的解答过程，再拿不同颜色的笔把答案分为几个步骤。等下次复习错题时，我们不能先看具体的解答过程，而是要先看题目类型，再看大的解题步骤，然后想想自己现在能否利用以上步骤把这道题解出来。

❺ 在考试之前，我一般会先列出一个考前复习计划表，针对自己的情况写出各科都有哪些内容需要复习，各科需要复习多久，再看距离考试还有多少节课，合理安排每节课的任务。考前我每节课的主要任务就是复习错题，重新过一遍笔记。

未名湖畔忆高考

🎓 **学生姓名**：王天祺

🏫 **录取院系**：生命科学学院

🏛 **毕业中学**：哈尔滨师范大学附属中学

⭐ **获奖信息**：2021 年全国中学生数学奥林匹克竞赛（预赛）二等奖

2021 年全国高中数学联赛黑龙江省一等奖

毫无疑问，高考是人生中的重大转折点。很多人抓住了这次机会走进了名校，为实现个人理想迈出了关键的一步。作为成功升入北京大学的一名学生，我有幸将一些个人的学习方法分享出来，以激励更多同学在高考中取得理想的成绩。

刷题技巧

"切忌盲目刷题"这句话我们经常听到，其实刷题是必要的，重点在于我们不能盲目地去刷题。因此，掌握正确的做题方法尤为重要。正确的做题方法不仅可以提高练习的效果，还能节省我们宝贵的时间。

一、注重做题的整体性

我们应注重做题的整体性，比如我们可以找整段的时间集中训练一整套数学卷子的填空题和选择题或理综卷子的选择题，这样做的效果要远远好于分散练习上百道习题，理由有二。

其一，套题覆盖的知识点往往更加全面，无论是市面上见到的套题，还是老师下发的练习卷，它们在知识点的布局上都安排得非常合理，非常接近高考，涵盖的知识点也非常全面。专项练习当然有其必要性，但专项练习更适合我们在做完套题并发现知识盲点后进行集中突击。套题训练可以帮助我们在考试中更好地分配时间，更好地调整自己的心态，这也有助于我们在考试中稳定发挥。

其二，套题训练能够提升我们的考试状态。在套题训练中保持考试时的紧张感能够使我们的注意力与考试时接近，从而帮助我们找到考试的感觉。低级失误往往出现于我们状态变化的时候，比如全卷的第一题和压轴题后的第一道比较简单的题，这些都是值得我们关注的易错题。由于套题通常具有完整性，所以在平日中多进行套题训练能够大大提升我们考试时的答题状态，减少低级失误的出现。

二、注重做题的针对性

前文已经提及，在套题训练过后，我们要积极寻找自己的知识盲点，并针对发现的知识盲点集中进行训练，将不熟练的题目练熟。高考是人生中的一件大事，同学们的备考情绪也会比较紧张，上考场之前我们想要做到完全有把握是非常困难的，所以几乎所有同学在高考前几日都会有没有复习完的感觉。做不到绝对有把握，我们就要做到相对有把握。我们应当有一个评判标准，即对必考题目不应该存在重大的知识缺陷，也就是说，我们不可以在碰到某一类相对固定的题目时不敢下手去做。只有遵循从整体到局部的学习规律，我们才能在未来的各种大中小型考试中从容地应对各种变化。

我参加高考的那年高考题的难度提高了不少，语文试卷的题型变化和数学试卷难度梯度的变化让很多考生措手不及。其实并不是题目难了，而是题目变了，命题思路和命题形式的变化使很多考生不熟悉、不适应这些题目了。而针对某一类题目进行大量练习的目的绝不仅仅是培养做题的手感或提高考场上处理类似题目的速度，更重要的是，这样做可以让我们加深对某个知识点的理解与掌握，将知识点内化于心。万变不离其宗，只要我们掌握了知识点，我们就能灵活应对题型的变化。

有些同学并不在意平时的练习，不重视平时的作业和模拟卷，做题状态也和考试时相差甚远。一个小时就能完成的任务可能被拖到两个小时，这样不仅会占用我们更多的时间，还会影响我们考试时的答题状态。

"平时随意、考试认真"的想法可能都会或多或少地存在于同学们的心中，但如果我们平时不认真做题，考试中也会习惯性地以随意的心态去做题。因此，平时做题的习惯会大大影响考试时的状态，只有我们把平时的练习也当作考试，才能一直保持一个良好的"竞技"状态。记得中学老师曾说过："作业当周测，周测当月考，月考当期末，期末当高考。"这句话强调的正是考试状态的保持。

做题要有选择性，也就是说，我们要选择最贴近高考的题来做。什么题最贴近高考呢？当然是历年的高考题。几乎全国所有学校都会在考前进行模拟考试，也有很多学校会选择自主命题，比较有代表性的有东北三省三校联考等。其实，虽然这些题都是老师们原创的，素材也是老师们在翻阅资料后找到的，但是这些试卷的出题思路仿照的都是高考题。

记得高中一位非常有经验的老师曾说过："如果从一开始就只刷高考题，最后把高考题全都刷透、练透，那么高考分一定不会低。"举一个比较有代表性的例子，2021 年高考全国乙卷理综化学题的最后一道选择题的出题思路非常新颖，据老师说，这道题的错误率非常高，而 2022 年高考的一道选择题涉及了同一考点。也就是说，历年高考题都会有一定的相似性，因此，大家应该不难理解做高考题的重要性了。

关于生物课本的利用

目前新高考已经逐渐在各省份普及，作为一个参加了老高考的理科生，我只能从生物学科给各位同学提出建议。

毫无疑问，生物的学习最重要的不是做题，不是考试，甚至不是作业，而是课本。有一点可以肯定，如果我们能把生物课本熟读三遍以上，而且不放过任何一个细节，那么我们的生物学科最终一定会取得很理想的成绩。但是能够将生物课本细读多次的同学少之又少，很多同学把生物学习的重心放在了刷题上，这是一个非常大的误区。大家要了解，生物（仅限高中）与数学、物理是不同类型的学科。如果说学数学、物理的时候刷题是为了提升逻辑思维、拓宽思路，那么对生物这一科来说，我们则完全没有必要大量地刷题。生物是一门积累型的学科，学习生物的过程中会有大量需要我们记忆的知识，而这些记忆性的知识也正是高考的重点。

高中学习心态的调整

在这里，我想首先引入一个心理学概念——正反馈效应。正反馈效应的切入点是个人的努力。通过一段时间的努力，我们必然会收获成绩或者排名上或多或少的提高，而这个小小的进步又会成为一个小小的"激励因子"，激励我们继续下一阶段的努力。由此，我们就进入了一个良性的循环之中，只要进入了这个循环，我们就不需要再担心自己的成绩了。

下面我结合正反馈效应和大家分享一下我个人的高中学习经历。

由于刚上高中的时候没有把握好高中的学习节奏，我高一上学期的学习成绩很不理想。高一下学期刚开始，我就决定暂且忘记高一上学期的惨痛经历，将高一下学期作为一个全新的开始。为了能较快地让自己获得正向反馈，我决定从周测入手。对于刚刚学习过的知识，我会积极地着手复习，所以我在周测中取得了很好的成绩。周测成绩的提高虽然只是小小的成功，但这却给了我莫大的鼓励。也正是从那时起，我终于认识到，其实我也可以达到班级甚至年级的顶尖水平，高一上学期整整半年的精神内耗消失了，我也终于找到了自信和自我认同感。获得激励的我开始拼尽全力对待每一次考试和作业，相应而来的回报促使我一直向前，让我最终圆梦燕园。

其实大家不难发现，我的"崛起"正是源于正反馈效应所带来的正向激励。毫不夸张地说，正是因为我在高中阶段进入了正反馈效应的循环中，我才有幸迈入燕园。因此，正反馈效应是一种具有自生动力和极强自洽性的现象，我们可以通过正反馈获得自我认同感，从而拥有不断奋斗的动力。

关于竞赛

一直以来，高考和竞赛都被视为通往名校的两条最佳途径。每逢新生入学之际，很多学弟和学妹都会询问我与竞赛有关的问题。虽然我本人并非竞赛生，但我与参加竞赛的同学有过一些简单的交流，我也对他们有过一些观察，所以我还是希望在这里给纠结于是否要参加竞赛的同学们提出一些我的看法和建议。

首先，不可否认的一点是，竞赛永远是属于少数人的游戏。竞赛适合极度痴迷于某一学科并在这一学科上拥有极高天赋的人，而天赋又对竞赛能否成功至关重要。很多学校会请竞赛成绩很好的同学作各种各样的宣讲，这也导致很多新同学误认为竞赛是通往名校的捷径，于是"毅然决然"地将自己的全部精力投入竞赛的学习中。然而，我们看到的只是在竞赛上取得成功的同学，这些同学都是凤毛麟角，"幸存者偏差"在这一问题上是客观存在的，所以同学们要认真地思考是否要参加竞赛。人生只有一次，在面临关乎我们未来命运的抉择中，我们一定要谨慎，切不可头脑一热就选择了可能并不适合自己的道路。

其次，竞赛生面临的压力要大于高考生。竞赛就像和命运打赌，如果赢了就能实现梦想，一旦失利则会造成难以估量的损失。高考需要我们不断积累，一般来说，我们平时的成绩与最终的高考成绩不会出现特别大的偏差。由于竞赛生普遍落下了很多的课内知识，因此，在竞赛这条淘汰率很高的道路上，他们往往是不允许自己失败的。根据我所了解的一些竞赛生的实际情况来看，他们身上的压力真的远远大于高考生。

最后，如果同学们真的在某一学科有天赋和兴趣，那竞赛不失为一张通往名校的入场券。真的有竞赛梦的同学们可以用一小段时间先了解一下竞赛的内容，评估一下自己是不是真的特别喜欢这个学科，或者看看自己是否有下赌注的实力。知难而退并不丢人，同学们不要碍于面子苦苦硬撑，而是要在目前的高考录取模式下将自己的实力完全发挥出来。

写在最后

高中是人生中最单纯的一段时光，有单纯的理想、单纯的友谊。在人生中最值得被珍藏的这段时间里，愿我们扬帆起航，向着心中的那片星海航行！

TIPS

❶ 套题覆盖的知识点往往更加全面，无论是市面上见到的套题，还是老师下发的练习卷，它们在知识点的布局上都安排得非常合理，非常接近高考，涵盖的知识点也非常全面。套题训练可以帮助我们在考试中更好地分配时间，更好地调整自己的心态，这也有助于我们在考试中稳定发挥。

❷ 在套题训练过后，我们要积极寻找自己的知识盲点，并针对发现的知识盲点集中进行训练，将不熟练的题型练熟才是高三的最大任务。我们应当有一个评判标准，即对必考题目不应该存在重大的知识缺陷，也就是说，我们不可以在碰到某一类相对固定的题目时不敢下手去做。只有遵循从整体到局部的学习规律，我们才能在未来的各种大中小型考试中从容地应对各种变化。

❸ "平时随意、考试认真"的想法可能都会或多或少地存在于同学们的心中，但如果我们平时不认真做题，考试中也会习惯性地以随意的心态去做题。因此，平时做题的习惯会大大影响考试时的状态，只有我们把平时的练习也当作考试，才能一直保持一个良好的"竞技"状态。

❹ 做题要有选择性，也就是说，我们要选择最贴近高考的题来做。什么题最贴近高考呢？当然是历年的高考题。几乎全国所有学校都会在考前进行模拟考试，也有很多学校会选择自主命题。其实，虽然这些题都是老师们原创的，素材也是老师们在翻阅资料后找到的，但是这些试卷的出题思路仿照的都是高考题。

12

星光不负赶路人，
江河眷顾奋楫者

👤 **学生姓名：**陈博远

🎓 **录取院系：**元培学院

🏛 **毕业中学：**山东省东营市胜利第一中学

⭐ **获奖信息：**2022 年山东省优秀学生干部

第 18 届"叶圣陶杯"全国中学生新作文大赛优胜奖

那日，雨后初霁，铃声响起，走出考场，惜别我三年的时光；那夜，晚风惊绿，屏幕闪动，相拥而泣，无愧我十八载征程。时至今日，奋斗征程的吉光片羽依然浮现在脑海。回首十二载求学生涯，学习宛若采撷果子，一俯一仰间皆有学问之谈，不才偶得一些"采果"的方法与经验，愿与学弟学妹分享，希望我们可以相聚燕园，"把酒话桑麻"。

好奇与策略，开拓属于自己的森林
——浅谈数学学习方法

如果说学习是一场采撷知识果子并将果子运往自己的记忆仓库的过程，那么好奇心则会驱使我们不断开拓未知的知识森林，促使我们不断挑战和超越自我。

我对数学的喜爱最初源于小学读过的一本《举一反三》，书中一个个生动有趣的题目激发了懵懂的我对于数学纯粹的喜爱和好奇。怀揣着这样的好奇心，我不断探索数学的世界。初一时，我把自己发现的圆的"奇妙性质"欣喜地告诉老师，却意外得知这是初三的内容，我贪婪地汲取着数学知识，希望将圆的秘密探寻到底，最终在初二时便自学完初中的数学课程。然而，这远远满足不了我的好奇心，《神圣几何》为我开启了圆以外更广阔的世界，卡拉比－丘流形、月牙形、黄金比例……我宛若在数学花园中探秘的孩子，流连忘返，我一步一步向前探寻，在初四自学完高中的数学知识，并于高一参加数学竞赛的学习。

在高三复习阶段，圆锥曲线的巧妙性质促使我不断深思其背后的奥秘，射影几何、仿射变换、反演变换，一股未知的力量把几样看似毫不相关的东西紧密联系在一起，线性代数的大门悄然向我打开。

正是好奇心驱使着我在数学的道路上越走越远，同时我也带着好奇心去学习生物、物理等其他学科，这也使我在高三复习时深入了解了相关学科的背景，开阔了视野，加深了理解。朱松纯教授也曾经说过，其实做学术也是一个追求"活明白"的过程，即对于未知的不断探索。唯有怀揣这种好奇和探索精神，才能真正把知识钻研透，并将它收入自己的记忆宝库。

但是，仅凭好奇和探索精神易使我们成为独闯密林的"莽夫"，在知识的森林里，采撷果子需要讲求一定的策略。下面我将从课本、错题本的利用和思维拓展三个方面详细介绍。

一、课本是探索的罗盘

仔细回想数学课本的基础概念，比如区间、集合、立体几何定理，你就会发现，其实许多考点都出自课本中的黑体字概念。例如，区间的左端必须小于右端，而集合则不必，如果左端大于右端则产生空集。这两个易混点便可以出成考题。许多人只记住了区间的特点，在题目考查集合时依然套用这个知识点，便会出现漏解、错解的情况。

再举个例子，抛物线的概念我们都知道，但是在大题中，如果我们不看清题意直接套用，则会出现漏解的情况。因为每个题目的描述是不同的，曲线 C 有时是抛物线，有时在 x 轴以上是抛物线，在 x 轴以下却是射线。由是观之，对课本概念的深度剖析能够帮助我们把握好罗盘，这也是我们前进的基石。

二、错题本你真的用对了吗

很多人都把整理错题本变成了"做手工"，剪切错题、粘贴答案，殊不知，这宛若摘下果子却不往自己的篮子里装。在整理错题前，我更倾向于先对错题进行分类并标出错因，比如注明错因是自己知识点的缺漏或是做题时粗心，同种错因的题目仅整理一道即可。整理错题时，我们不仅要独立写出答案，更要保证自己不再犯类似的错误。

如果是因为知识点的缺漏，那么是否可以通过专题练习来查缺补漏呢？如果是因为粗心，那究竟为什么会粗心？是在草稿纸上计算时写得不整齐吗？如果是草稿纸的问题，能否通过折叠草稿纸来合理安排空间，使演算过程看起来更整洁？多问几个为什么，能让你的错题整理达到举一反三的效果，这样做也会帮我们消灭许多未来可能会出现的"隐形错题"。在整理错题后的第三周，我们可以重新练习错题本上的题目，如果你能够独立做出错题，那么恭喜你已经成功掌握了此类知识点！

三、思维拓展的力量

拓展思维让采果者不囿于眼前的荆棘，看到远方的彩虹，走得更加坚定。高考备考过程中，同学们需要谨记：竞赛并不是神坛，适当拓展竞赛思维会让你的备考如虎添翼。许多压轴选填题往往会用到计算技巧和竞赛知识，如不定方程、二级结论等，适当掌握这些知识可以帮助你更快、更准地解题，提升试卷的完成度和正确率。

　　以上为笔者对数学学习的一点看法，希望可以帮助更多的采果者开拓自己的知识森林。

一个果子都不能少
——系统学习助你构建知识森林

　　借用上一节的比喻，学知识宛若采果子，但若是东采一个、西采一个，这样的知识网络必然漏洞百出，采用系统的学习方法可以帮助我们构建属于自己的知识森林。

　　我们传统的学习方法是目标导向性的学习，我们需要针对所要学习的知识点规划学习时长和学习任务，这种学习方法可以让我们快速掌握知识点，但对于长期的积累和备考，这种方法则未必有效。与传统的学习方法相比，系统的学习方法要求我们每天"打卡"，养成每天学习的习惯。如果我们想要提升语文素养，便要养成每天读书、摘抄、练笔的习惯；如果想备考雅思，便要每天在固定的时间练习雅思考试的题型、练听力。系统的学习强调的是过程导向，即通过每天固定的学习把大目标细化为每天的小目标，从而实现一个或多个长期目标。拥有这种系统思维可以帮助我们得到一些意想不到的收获。例如，我在高三备考时没有大块的时间专门背诵生物的基础知识，所以我把这项学习任务细化为每天的小目标，坚持每天中午背诵一章生物课本的基础知识，并且完成相关内容的听写，最终我的生物也在高考中取得了较好的成绩。

　　由此可见，如果我们能采用这种系统的学习方法，就可以把知识森林中的果子全部收入囊中，一个知识都跑不掉，我们也不必因为其他琐事的干扰而中断了学习的过程。

别忘了把果子放入自己的篮子
——复盘思维让颗粒归仓

你是否记得昨天的数学课老师通过哪道例题讲了什么知识点？你是否记得前天生物课新学的概念？许多同学都有这样的困境：明明学了很多，但却一点都不记得。这是因为奇妙的艾宾浩斯遗忘曲线。我们要学会复盘，只有复盘才能在一定程度上帮助我们从"考前手忙脚乱，考后稀稀烂烂"的状态蜕变为"考前临危不乱，考后阳光灿烂"的状态。

根据艾宾浩斯遗忘曲线，知识在学习当天的遗忘程度便可以达到70%左右，如果14天后不去复习，那么"知识气球"便会悄悄飘走，此时的你和初学这个知识的小白无异。

针对这种情况，我采用的是以下这种复习方法。

第一步，准备一个记录本，竖列写下科目，横行写下今日所学内容，比如今天白天背诵了《人民日报》的一篇时评，那么便在语文这一列写下"背诵时评"，其余科目也是如此。

第二步，在晚上九点打开记录本，对白天所记录的学习内容依次进行复习，复习的具体时间因人而异，我选择晚上九点是因为此时的大脑较为清醒。在复习的过程中，我采用的是"过相片"的方式，因为大脑更容易记住直观的图像。我会闭眼回顾所学的知识点和知识点在课本或笔记本中所在的位置，复习完成后打上对钩。

第三步，进行周复习。我会在周末将本周所学知识与错题进行二次复习，方法同上。完成复习后，我们便可以把知识果子收入囊中了！

复盘思想不仅用于收取知识果子，还可以用于对心态的反思，这就像是采用更高级、更有效的工具来采撷果实。在联考结束后，我会当即对答案，分析错因，并写下考试时的心态和时间安排。以这样的心态复盘可以让我们较为准确地把握考试节奏，从而真正让每一场考试都成为检验自己知识掌握情况的一次契机。

星光不负赶路人，江河眷顾奋楫者。以上是我学习上的一些经验，希望对学弟学妹们的学习有所启发。

TIPS

❶ 朱松纯教授曾经说过，其实做学术也是一个追求"活明白"的过程，即对于未知的不断探索。唯有怀揣这种好奇和探索精神，才能真正把知识钻研透，并将它收入自己的记忆宝库。

❷ 仔细回想数学课本的基础概念，比如区间、集合、立体几何定理，你就会发现，其实许多考点都出自课本中的黑体字概念。对课本概念的深度剖析能够帮助我们把握好罗盘，这也是我们前进的基石。

❸ 在整理错题前，我更倾向于先对错题进行分类并标出错因，比如注明错因是自己知识点的缺漏或是做题时粗心，同种错因的题目仅整理一道即可。整理错题时，我们不仅要独立写出答案，更要反思自己如何才能不再犯此类错误。

❹ 系统的学习强调的是过程导向，即通过每天固定的学习把大目标细化为每天的小目标，从而实现一个或多个长期目标。拥有这种系统思维可以帮助我们得到一些意想不到的收获。

第四篇

齐头并进
门门功课都得优

齐头并进

13

旧学·就学·久学

- 👤 **学生姓名**：董蕾
- 🎓 **录取院系**：工学院
- 🏛 **毕业中学**：重庆市酉阳第一中学校
- ⭐ **获奖信息**：2019 年全国高中数学联赛二等奖

  2019 年全国高中数学联赛重庆赛区（预赛）三等奖

  第 33 届中国化学奥林匹克竞赛（初赛）三等奖

"融融未名湖，巍巍博雅塔。"莘莘学子心向往之。回首高中往事，写下各科学习心得，以自我梳理，以分享经验，以勉后届学子。

数　学

一、大量刷题

学习新知识时，我们会在老师的指导下进行系统的学习并完成相应的习题，这些习题属于课内题，完成课内题可以帮助我们对知识进行巩固。除了老师布置的习题外，我们还会再完成与课程内容相关的习题，这些习题属于课外题，做课外题会使我们的基础更加扎实。

在自主复习阶段刷题时，我们要对每一道题进行分类，这个分类不需要我们刻意地写下来，自己心里有数就行。就我而言，我会把做过的题分为以下几类。

1.简单题，即掌握知识点就能做对的题。

2.易错题，即在练习或考试中容易出错的题。

3. 难题，即需要花费很长时间，需要具备一定的计算能力和解题技巧才能完成的题。解答难题需要我们在掌握知识的基础上进行大量的思考和尝试。

4. 巧题，即能通过特定的解题模式快速解答的题。

5. 模糊题，即在有限的时间内模糊一些步骤，连蒙带猜就能得出正解的题。

在对题目进行分类后，我们就能更有针对性地去刷题了。

二、认真对答案

对答案的时候我们尤其要认真。我们不能只看答案正确与否，还需要将自己的思路和参考答案的思路进行比对。若二者相同，我们就要记下参考答案的步骤，确保自己下次做类似的题目的时候不会因步骤不全而扣分。若二者不同，我们要首先理解参考答案的思路，在闭卷的情况下完整地运用参考答案的思路解题，同时保证每个解题步骤的细节足够完善。然后，我们要核查自己的思路有无问题，如果不能确定，就去询问老师或同学，再对两种思路进行比较，比如哪种思路更通俗、更快捷、更安全（不易算错、不易写错、不易被扣分），更符合个人的思维习惯等。最后，我们要对这两种思路进行取舍，选择一个最佳思路，并在下次解类似题目时倾向于使用该思路。但我们也要熟悉其他多种思路，避免最佳思路行不通的时候无路可走。

三、间隔式刷题

一些题目是需要我们反复去刷的，这就需要我们在做完题之后找时间把题目再刷一遍。一般来说，我会选择在 3 ～ 8 天之后再次进行刷题，具体间隔多长时间可以根据自己的记忆习惯来定。

再次刷题的时候我们就要参考自己对之前做过的题目的分类了。下面是我总结的各类题目的刷题方法。

1. 简单题：简单题没必要再刷，如果简单题出错了就要翻看教材，在早读时对相关知识进行巩固。

2. 易错题：易错题需要我们在较长的周期内反复去刷，刷题后我们要总结错误类型，记录每一次刷题的情况。我们如果能做到连续三次正确解答某道易错题，就可以在刷题列表上划去这道题了。

3. 难题：我建议大家每天做一道难题，通过自己评分来进行检验。对于难题，我们要默写出正解，如果当天未能做出来，第二天就要再做一次。当然，第二天有第二天的任务，我们不能用旧题代替。

4. 巧题：对于巧题，我们需要记思路、记题型，学会举一反三，但我认为更为重要的是记住条件，特别是某个解题思路的适用条件。如果我们一味地找捷径，花费的时间比使用常规方法花费的时间还要长，做到最后才发现脑海中的"巧解"并不适合该题。

5. 模糊题：对于模糊题，我们要在对答案时注意自己答案中的模糊之处所对应的正确解答步骤和得分点，以免模糊过多并形成习惯。

四、善于总结

我们要对做过的题进行总结和分类，形成一个自己的题库。总结题目并不一定需要我们将题目进行裁剪并装订成册，只需要我们在遇到某道题时知道在哪里曾经做过类似的题，知道自己曾经做过的这道题该如何解答，可以用多少种方法来解答。

五、增加做题的紧张感

考前我们可以对自己进行心理暗示，将考试时间缩短半个小时。我曾在考试时尝试过这种方法，这种方法对于做不完题的同学来说可能用处比较大。如果考试时间是 14:30—16:30，我们就暗示自己16:00 就要交卷了，这样做能加快我们的做题速度，增强做题的紧张感。毕竟有种说法叫"急中生智"，在这种情况下，我们的思维会更灵活。我曾有过好多次这样的经历，倒不是自我暗示，只是记错了交卷时间。但这几次考试的结果都还不错，所以这个方法对于曾经习惯性做不完题的我来说很有帮助。

语　文

我认为语感对语文学习相当重要。我不知道自己是否拥有语感，不过我对语感的培养也有一些心得。

一、读得多

我们要学会延长自己的早读时间，提高自己的阅读速度和有效性。阅读的内容应涵盖多个方面，比如诗歌赏析、时事素材、文言文词句释义、范文、优美段落、范例题和错题等。

另外，我们可以根据个人的喜好读一些有趣且对我们有益的书。如果有同学喜欢读偏文学方面的书，就可以读一读史铁生的《扶轮问路》《病隙碎笔》《放下与执着》《我与地坛》、简媜的《水问》《唯有相爱可抵岁月漫长》、李娟的《冬牧场》《遥远的向日葵地》等。多看看大家的作品或获奖作品并进行摘抄，对于我们文笔的修炼是有好处的。在理解了书中的哲思之后，我们也可以将其运用在作文中，使我们的作文有思想、有深度。

二、记得多

学语文需要我们费心思去记忆。我们可以在晨起后背诵一段文章，在去食堂的路上念一念要求背诵的诗歌，在出操的时候看一看文化常识的笔记，在回宿舍的时候背背文言文，在晚饭时间记记范例题和答案。如果我们能有效地利用时间去记忆，各种语法知识点就能烂熟于心，写文章的时候，好的论点和素材便信手拈来。

三、练得多

练习需要循序渐进、笔耕不辍、积少成多。各类型的题我们要"雨露均沾"，特别是高考题，不过我们也可以适当"偏爱"那些让自己抓耳挠腮的题。语文学习要重视练笔，要经常输出才行。我之前的计划是两天写一小段，每周进行整理。虽然这个习惯我最终没有坚持下去，但是在练笔的那段时间，我写的作文都相当流畅，效果是比较好的。

另外，我们还要有自己拿得出手的文章。我们可以从平时老师布置的作文题或者测试中的作文题中选择自己拿手的、有想法的或者有难度的来写。我们也可以多和老师讨论，了解自己作文的优缺点并及时进行修改，改完再去问问老师，直到把自己的作文修改为满分作文。打造一篇好作文的时间往往会比较长，我们要有自己在写作中可能会出现思维断片的预期，若卡壳了就再等等，等有想法、有思路之后再继续写一写、改一改，最重要的是我们要有耐心和决心。

四、思得多

记的东西多了，套路和模式见得多了，我们就容易忽视思考的重要性。我们要知道，所谓的答题模板都是人总结、琢磨出来的，而我们考生应该从模板中跳脱出来，学会活学活用。我们要多去思考答案为什么是答案，怎样能得到答案，为什么自己没有体会到出题意图。

写作文也是同样的道理，当我们拿到一个主题，应该先充分地进行思考，挖掘自己的潜力，而不是先在脑袋里找库存，回忆有没有背过类似的范文。思考得多了，我们的文字就会更加深刻，我们也更有可能写出一篇新颖而别致的好文章。

英　　语

我的英语并不好，在班级里我属于问题相当大的同学了。幸运的是，我参加高考的时候我们的英语试题比较简单，那次也是我整个高中时期英语考得最高的一次。那我就和大家分享一下我的做法和感想吧。

我认为学习英语最重要的是踏实和认真。我们要把老师布置的任务做到位，做到一丝不苟。语言类学科都需要我们重视积累。

我的听力比较差，在最后复习的那段时间，我会每隔一天就去一次老师的办公室，在午休时间借老师的电脑练习听力。在练习听力的时候，我一般用 1.25 倍速或 1.5 倍速播放音频。练习听力需要我们保持严谨的态度，不论题目简单还是难，我们都不能走神，我们要避免在听正常语速的听力时因为轻视了题目而丢分。每次练听力的时候，我都会把上次没听懂的和做错了的题目再听一遍。

语法在英语学习中也很重要。我们要先把语法记熟，然后通过习题反复进行检测，把每道题的知识点和考点弄清楚，查漏补缺，哪个部分薄弱就重点巩固哪个部分。做过的错题我们也要上心。早读的时候我们可以多背背语法，晚自习的时候我们要挤出时间复习一下学过的语法。

对于应用文，我们要根据主题对其进行分类，比如演讲稿、倡议书、介绍信、建议信、报告、日记等。每个类型的应用文往往包含不同的元素，有不同的要求，所以我们要提前准备一些语段和词句。对于续写这类题型，我们也要积累一些高级词汇、主旨句等。

写作也需要我们多加练习。写作训练分为两种：一种是思考写作的思路并把握主旨；另一种是练习速写文章，锻炼文笔。对于第一种训练，我们可以只看题目，构思一下写作思路，再和答案进行对比；我们也可以列出写作提纲、关键句和想到的高分词汇等。对于第二种训练，我们要在平时多记录一些美句，四级词汇最好每天都背一背，这样我们写出来的文章就会更有文采。

学海无涯，拾取二三前人遗螺，俯身清吹，学音袅袅。仰头又见灯塔一二，摇桨声和着灯影，和着水面波光，美好不可言说。久久不忘，久久学。

TIPS

❶ 在自主复习阶段刷题时，我们要对每一道题进行分类，这个分类不需要我们刻意地写下来，自己心里有数就行。在对题目进行分类后，我们就能更有针对性地去刷题了。

❷ 我们要对做过的题进行总结和分类，形成一个自己的题库。总结题目并不一定需要我们将题目进行裁剪并装订成册，只需要我们在遇到某道题时，知道在哪里曾经做过类似的题，知道自己曾经做过的这道题该如何解答，可以用多少种方法来解答。

❸ 考前我们可以对自己进行催眠，将考试时间缩短半个小时。这样做能加快我们的做题速度，增强做题的紧张感。毕竟有种说法叫"急中生智"，在这种情况下，我们的思维会更灵活。

❹ 所谓的答题模板都是人总结、琢磨出来的，而我们考生应该从模板中跳脱出来，学会活学活用。我们要多去思考，答案为什么是答案，怎样能得到答案，为什么自己没有体会到出题意图。

凌空振翼，直上九天

👤 **学生姓名**：常赛龙

🎓 **录取院系**：信息管理学院

🏛 **毕业中学**：河南省滑县第一高级中学

⭐ **获奖信息**：2021 年河南省三好学生

　　　　　　　2021 年河南省优秀学生

高中的学习任务通常比较重，要想取得理想的成绩，好的学习方法必不可少。下面我来分享一下我高中三年的学习经验。

第一，注重训练思维。我们要清楚，学习的目的在于训练思维，所以我们要多思考。在学习的过程中，我们要善于发掘所学内容之间的联系并加以理解，做到灵活运用。

第二，善于归纳总结。我们要在平时总结几种好用的记笔记的方法，便于对知识进行归纳总结。与此同时，我们也要及时复盘自己的学习情况，分析成功或失败的原因。

第三，学会劳逸结合。我们不要让大脑长时间处于超负荷的状态。在专注学习了一段时间后，我们要让大脑放松一下。

第四，重视知识拓展。日常学习的过程中，我们要对知识进行深度拓展、横向拓展、纵向拓展。课后我们也要记得复习，及时整理笔记并复述笔记中的知识，通过刻意练习来克服自己的薄弱点。下面我来介绍一下我各科的学习方法。

语　文

一、善做笔记，勤于积累

在语文学习中，我们要用好两个本子——随笔本和知识积累本。随笔本是我们创作的园地，当我们带着强烈的创作冲动去写作时，往往能写出好文章。同学们可以将随笔本放在手边，随时在本子上记录自己的感触和思考，积累一些佳句，使之成为一本美文集。知识积累本是用来记录语言和文学方面的基础知识的，也可用于记录随堂笔记。同学们应注意积累文学常识、写作知识等方面的内容，构建起自己的语文知识体系。阅读理解常考的知识点和重要的知识点大家都可以记在知识积累本上，这样做十分有助于我们阅读能力的提高。

二、培养阅读习惯，善用工具书

语文学习最重要的是读书。要学好语文，光读几册课本是远远不够的，我们需要大量地阅读课外书，从书中获取丰富的精神养料。读书时同学们要养成勤查词典等工具书的习惯。我们不仅可以在碰到疑难问题时翻阅工具书，还可以将工具书当作一般书籍一页一页地读下去，这样读工具书对我们同样是大有裨益的。

数　学

一、学会高效听课

对于数学学习来说，在课堂上养成良好的听课习惯是很重要的。在听的同时，我们也要集中注意力，听懂、听会老师讲的关键内容。

听的时候我们要注意思考并分析问题，如果光听不记或光记不听，学习效率会很低。因此，我们在听课时应适当地、有目的性地去记笔记，领会课上老师的主要精神与意图。科学地记笔记可以提高我们的课堂效率。

二、精准把握课本

把握课本对数学学习也很重要。我们可以通过老师的教学内容明确不同的知识点在课本中的重要性，并在此基础上明确某个知识点与前后知识点的联系。只有把握住了课本，我们才能掌握学习的主动权。

三、提高思维的敏捷性

提高思维的敏捷性也是提高数学学习能力的关键。慢腾腾地学习是训练不出思维的敏捷性的，也是无法提升数学学习能力的。这就要求我们在数学学习中把握好学习的节奏，提高做题的效率，把控好做题的时间。坚持这样做，我们的数学学习能力和思维的敏捷性都会逐步提高。

英　语

一、全面提升听说读写能力

英语语言能力一般包括听、说、读、写四种基本能力。初中阶段侧重的是听和说，高中阶段侧重的是读和写。实际上，偏废哪一项都学不好英语，在语言学习中，这四项能力是交织在一起的。所以，同学们在英语学习中应注重四项能力的全面发展，要从整体上提升自己的英语水平。

二、高效利用碎片时间

想学好英语，就要做到"化整为零、集中歼灭、见缝插针、持之以恒"。比如我们可以在中午用 15～20 分钟背单词，或读两三篇课外的英语文章；晚自习按要求做作业，在睡觉前用两三分钟快速过一遍白天刚学的单词；利用周末总结和复习本周所学的内容。每天零敲碎打并不会占用我们多少时间，但如果大家能有规律地、有毅力地坚持下去，必然会得到回报。

物　　理

一、课前预习，课后归纳

对于物理这门科目来说，做好课前预习很重要。我们可以准备一本参考书，使用参考书的目的就是帮助我们在预习时能以最快的方式检索到课本中的考点和知识点。在此基础上，我们会对相应的考点和难点有一个初步的认识，这样在后面听课时我们就可以通过老师的讲解深化自己对知识点的认识，也能在课堂上及时提出令自己疑惑的问题，使自己的问题及时得到解决。这样做也会提高我们的听课效率。上完一节课，我们也可以尝试着用自己的话总结归纳所学知识点，在全面掌握每一个知识点的基础上进一步探讨知识点背后的规律。

二、掌握考法和常考题型

学习物理还需要我们掌握知识点的考法和常考题型，这对物理成绩的提高起着至关重要的作用。只有把知识点应用到相关的题目中并完成相关题目，我们才能在更高层次上把握知识点。

三、勤动手，多思考

学好物理还需要我们多动脑、多思考。例如，在分析物体受力情况和运动情况时，我们可以多动手画图。在做题时，我们可以结合力学、运动学的公式将题目转化为数学表达式，进而通过自己的数学能力去解答物理问题。同学们最好能准备一个笔记本，在本上整理一些自己觉得设计巧妙的经典物理题，记下自己对题目的想法并时常翻看，随时复习和巩固。

化　　学

一、重视课本知识，多思多问

化学课本中包含很多知识点，虽然这些知识点在课本中已经表述得比较明确了，但是其中的一些知识点是需要我们思考的。因此，我们要在课本中找出那些需要我们思考的问题，通过分析和讨论解决问题。

二、重视基本的化学原理和规律

化学属于自然科学，它一定是遵从自然规律的，而规律前人早已总结好了。从表面上看，很多现象千变万化，但其实它们背后的规律是相对简单的，也是易于掌握的。我们如果不积极地思考这些规律，就会淹没在题海中。

三、注重实验

学到的知识总要运用到实际中去。我们要善于发挥自己的创造力，注重实验，因为高考的最终目的是促使我们将所学的知识转化为内在能力。你会背书别人也会，思考和创造才可贵！

四、重视反应过程和反应实质

首先，我们要关注反应过程。高中化学涉及一些半定量的反应，这些反应均是由量变引起的质变，量的关系可能就是解决问题的关键，因此，找出临界点就至关重要。

其次，我们要关注反应实质。结构决定性质，在见到一个反应方程式时，同学们不要急着去背诵，而是要观察产物和反应物，在自己的知识范围内（如各元素的原子结构、金属或非金属性、化合价、化学键等）去思考。我们可以运用已知的概念和规律去推导产物，不会或者不对都不要紧，关键是自己要动脑思考。

生　物

一、研读课本，认真听讲

与初中生物相比，高中生物变得更有难度，知识点非常多，而且较为复杂。我们只有真正掌握了这些知识点，才能提高学习成效。因此，我们一是要对课本进行仔细的研读，二是要认真听老师的讲解和分析，这二者缺一不可。我们只有将仔细研读课本和认真听讲结合起来，才能真正取得理想的学习效果，全面掌握知识要点。

二、融会贯通，勤于归纳

我们在学习生物的过程中必须做到融会贯通，同时还要经常对所学的知识进行归纳和总结。这样做既能帮助我们温故知新，又能让我们进一步加深对知识的理解。也就是说，我们在学完一课或一章过后，要对本课或本章的学习内容进行回顾，并尝试建立起知识之间的联系，这样我们对知识的记忆和理解就会变得更加深刻。

三、强化练习，重视巩固

习题练习不仅能使我们了解自己的学习情况，还能进一步夯实我们的知识基础。所以在日常的学习中，我们应当强化习题练习，并掌握正确的解题方法。因为很多时候即使我们掌握了知识，也需要在正确的解题方法的配合下解出正确答案。在解答生物题的过程中，我们常用到的解题方法主要有正向推理法、逆向推理法、排除法等。

以上为我的学习方法，希望对大家有所裨益，帮助大家找到适合自己的学习方法，凌空振翅，直上九天。

TIPS

❶ 语文学习最重要的是读书。要学好语文，光读几册教材是远远不够的，我们必须要大量地阅读课外书，从书中获取丰富的精神养料。读书时同学们要养成勤查词典等工具书的习惯。我们不仅可以在碰到疑难问题时翻阅工具书，还可以将工具书当作一般书籍一页一页地读下去。

❷ 对于数学学习来说，在课堂上养成良好的听课习惯是很重要的。在听的同时，我们也要集中注意力，听懂、听会老师讲的关键内容。听的时候我们要注意思考并分析问题，如果光听不记或光记不听，学习效率会很低。

❸ 与初中生物相比，高中生物变得更有难度，知识点非常多，而且较为复杂。我们只有真正掌握了这些知识点，才能提高学习成效。因此，我们一是要对教材进行仔细的研读，二是要认真听老师的讲解和分析，二者缺一不可。

❹ 对于物理这门科目来说，做好课前预习很重要。我们可以准备一本参考书，使用参考书的目的就是帮助我们在预习时能以最快的方式检索到课本中的考点和知识点。在此基础上，我们会对相应的考点和难点有一个初步的认识，这样在后面听课时我们就可以通过老师的讲解深化自己对知识点的认识，也能在课堂上及时提出令自己疑惑的地方。

15

乾坤未定，逐梦前行

——一名北大新生致学弟学妹们的一封信

👤 **学生姓名：**徐欣怡

📋 **录取院系：**外国语学院

🏛 **毕业中学：**江西省九江第一中学

⭐ **获奖情况：**2020 年九江市"新时代好少年"荣誉称号

亲爱的学弟学妹们：

你们好！我是北京大学 2022 级的一名新生，很荣幸能与各位分享我的一些学习心得。

清风鼓袖，蝉鸣盈耳。犹记高考结束的那一天，我与一众考生怀着同样欢快而释然的心情，迈着同样飘飘然的步伐，向考场外望眼欲穿的老师和家长们涌去。彼时正值盛夏，骄阳似火，暑气蒸腾，考生们竞相与考点外簇拥的家长和老师分享着自己的喜悦。满目的鲜花和掌声掩盖了考生们心中或多或少的遗憾，然而不论结局如何，经过十余年的寒窗苦读，辛劳的耕耘者们终于迎来了收获的时节。

对当代大多数青年来说，高考是人生的一个重要节点，它象征着一个学习阶段的落幕。应试教育机制为我们创造了相对公平的竞争环境，所有人在同一标准下展开激烈的角逐。高考结束也标志着全新人生的开始，同学们纷纷踏上新的成长之路，拥抱下一段独特而精彩的人生。

养兵千日，用兵一时。因此，学弟学妹们需要在高中阶段保持良好的心态，不断积淀，这样大家才能增加在考场上正常或超常发挥的可能性。下面我想就各科目的学习方法和心态调整这两个方面进行详细的介绍。

各科目的学习方法

下面我想具体谈谈每门科目的学习方法。需要事先说明的是，作为一名未参加新高考的文科生，我所提供的一些方法难免有与新高考改革不匹配的地方，还望诸位学弟学妹多加谅解。

一、语文

高中阶段的语文学习注重对学生语文能力全方位的考查，死记硬背或模板式答题的作用也因此被减弱。我认为我们的阅读能力在高中阶段要在两个方面进行提升：一是提速，即在规定时间内完成较长文本的阅读；二是提质，即理清论述类文本的逻辑，整合实用类文本的信息，分析文学类文本的写作手法和主题思想。由此可见，高考语文考查的是同学们处理各类文本的能力。与此同时，语言文字应用题型又在此基础上进一步提升难度，它要求同学们把学到的语文知识和技能运用于实际生活中，真正做到活学活用。下面我就如何学好高中语文给出一些建议。

第一，要有长远的规划。高一、高二的学习以打好基础为主。在这两年，我们要学习并消化书本中的知识，熟练背诵考纲中要求我们背诵的古诗文，在文言文诗词鉴赏和默写题上尽可能不失误。在高三阶段，我们的学习应当以复习、整合和提升为主。我们要注重理清文本阅读的解题思路，掌握答题技巧，在阅读的同时学习新知、开阔眼界，从而熟练掌握不同类型的文本阅读题的规范答法。

第二，重视平时的积累和巩固。首先，我们要做到勤于摘录。我们如果在做题时碰到生僻的字词、文言文的特殊含义、值得记忆的名言和金句，都应该用笔记本分门别类地记录下来并及时消化。如果老师发了更系统的复习资料，我们也可以将它和自己的笔记本对照，二者配合起来使用。这样做不但能温故知新，还能够查漏补缺。其次，持续做题也是很重要的。对于理科来说，题海战术往往能使我们的成绩得到很快的提升，而语文学习则需要日积月累、持之以恒的积淀。在高中阶段，我们可以每天至少匀出 20 分钟给语文，不追求做题的数量，但要重视做题的质量。每做一道题我们都要进行深入的思考，书写时要字迹工整，批改后要认真反思。平日的一小步或能助你在高考中迈出一大步！

第三，注重作文训练。高中生一般很少有时间阅读大部头的名著，所以看一些杂志或短篇小说对作文素材的积累和文学素养的提高更有意义。建议同学们在学有余力的前提下养成阅读的习惯，例如在晚自习时完成所有作业，回家后就可以读会儿书。另外，同学们要关注时事新闻和社会热点，多与对这些内容感兴趣的同学深入交流，让不同的思想碰撞出智慧的火花，这也有助于提高大家的思辨能力和语言表达能力。

第四，善于使用写作模板。很多同学可能对高中议论文模板持否定态度，认为它扼杀了文学的自由和个人的独特性。但我想告诉学弟学妹们，写议论文和文学创作有着本质上的区别。我们要学习一些套路，让文章看上去有高分作文的气质。写作模板就可以教我们怎样谋篇布局，怎样旁征博引，怎样把观点说清楚，怎样把道理讲明白。因此，熟练使用模板一定比天马行空的创作更容易得到高分。

二、数学

数学一向是令多数文科生头痛不已的科目，需要同学们花很多时间练习。不过老师一般会布置看似永远也写不完的数学作业，所以同学们跟着老师的节奏按时完成作业就好，不必作过多的规划。只要能跟上老师的节奏，数学成绩达到 120 多分并不难。此外，我想针对以下三个方面进行补充。

一是关于听课。一轮学习时，老师讲题的速度是很快的，因为老师要为后面几轮复习多留一些时间，所以上课跟不上、听得云里雾里都属于正常现象。这时你只需要按老师的板书将例题和演算步骤一字不落地记录下来，然后听明白重点，明白这个步骤是怎么来的就行，课后我们可以再消化和吸收这些知识。

二是关于错题。同学们要准备好错题本，不要放过任何一道错题。每一道错题都会为我们提供一种思路和方法，所以每道错题都值得我们积累和反复练习。另外，同学们要有意识地提高做题准确率，不要让粗心大意成为犯错的借口，平日的疏忽可能会让我们在关键时刻酿成大的遗憾。

三是关于考试时间的安排。填空题和选择题需要我们做得又快又准，把做题时间控制在 40 ~ 50 分钟为宜。在做题的过程中我们可以跳题，同学们如果在一道题上思考了 5 分钟仍无思路，就应该果断地做下一道题。大题我们平均每道题花 10 分钟，前面我们可以做得稍微快一点，好给难度较高的解析几何和导数压轴题留出更充裕的时间。对于压轴题，平日里我们也要注意练习的方法。有些具有钻研精神的同学愿意把大量时间花在压轴题上，甚至做了几个小时也没做出来一道题。即使最终做出来了，这种学习方式从总体来看还是比较低效的。因此，我建议学弟学妹们在平日的练习中不要在一道题上花费超过 20 分钟的时间，不会做的题目大家可以标记好，听老师来讲解。带着问题去学习通常会有事半功倍的效果！

对我们大多数人来说，英语是一门成绩相对稳定的科目，只要认真学习，最后大家的分数都会集中在 130～140 分。所以刚进高一时英语成绩不理想也没关系，成绩总会慢慢提上来的。下面我还是想强调三点。

一是练字。应试要求我们在书写上把工整放在美观之前，简而言之，就是练习"衡水体"。同学们在书写时不要连笔，不要求快，也不要写花体字，而是要一笔一画认真地去写。只要大家每天花半个小时左右练习，大概半个学期就能把字写好。之后同学们仍要坚持每天练习几分钟，不然高三冲刺时字会变形。

二是词汇。同学们熟练掌握考纲要求的 3000 多个词汇即可，没有必要背诵高阶词汇，因为考试中的超纲词汇基本都不会出现第二次，而且不背这些超纲词汇几乎不影响我们做题。此外，大家要根据自己对词汇的掌握情况每天朗读和背诵单词。一轮复习时，我建议大家早晚都背单词，做到课前预习、课后巩固，隔三岔五地把单词背一遍。背单词不光要记词形和词义，每个单词的词性、固定搭配和派生词我们也要熟练掌握，这样才能把单词吃透。背单词也要懂方法，比如我喜欢按音节把单词拆开记忆，这样可以保证会读的单词也基本会拼写。我们也可以把词形或词义相近的单词放在一起对比记忆，这样能显著提高背单词的效率。

三是阅读。同学们在做阅读题时或许会因题目质量不高而出错，看了解析依然无法理解，由此陷入没有必要的纠结中。这时同学们可以去问老师，如果老师说是题目的问题就直接跳过。当然，题目质量不高不代表不能得出正解，听听老师或做对的同学的思路有时也会让你豁然开朗。

四、文综

关于文综，我只谈一点，就是笔记本的使用。一轮学习时，我们需要通过笔记本做好两件事——基础知识的记忆和理解。这里我先抛出两个问题：有了课本，为什么还需要笔记本？这两者有什么区别？

一般来说，课本是以较为通俗易懂的口吻"讲述"知识点，相当于学习的大纲；而要弄清每个知识点是什么，它是怎么来的，又应如何运用，则需要以老师授课、学生做笔记的形式来达成。和课本相比，笔记本中的内容简洁明了、重点突出，更便于我们查找和复习。同时，笔记本中有对相关知识的解释和拓展，有利于我们深化记忆。

那么我们应该怎样做笔记呢？

首先，注意格式。建议同学们多准备几个笔记本，一个笔记本对应一个科目的一本必修教材，单元题和课题都要与课本一一对应。记录时要有条理，比如用汉字、数字或字母对应不同的子目，并且让子目缩进，从而使笔记内容更加整齐。

其次，提高效率。做笔记不必面面俱到，只要挑老师讲解的重点做记录即可。同学们要提高速记能力，做笔记时可用符号或标记辅助书写，不要片面追求字迹工整和书写美观。有的同学在做笔记时会使用很多不同颜色的笔，这会极大地降低书写速度，个人认为使用黑、蓝、红这三种颜色的笔就够了。

最后，合理引用。做地理笔记要用到地图时，同学们可以将笔记与含有该图的课本"关联"起来，如标记"见课本 ×× 页"。

以上是一轮学习中做笔记的方法，下面我来讲一讲后期复习阶段做笔记的方法。复习阶段的笔记主要就是知识拓展了，因为在刷题的过程中，你会碰到很多知识盲区，而这些知识是课本上所没有的，尤其是地理，几乎常做常新。这时同学们可以再准备两个笔记本。一个专门记知识拓展，如政治时事观点、历史史实、地理知识；一个记答题模板，刷题时碰到的没有思路或答案很妙的题目都有记录的价值。我们可以先学习，记忆模板，再逐渐将模板内化于心，为我所用。这样，同学们即使在考试中碰到新题，也能随机应变，游刃有余。

心态调整

良好的心态是高效学习的前提。高中不同阶段的心态调整各有侧重，但总体上可归结为三个方面的能力——适应能力、应变能力和抗压能力。

一、适应能力

适应能力表现为在不同的学习环境下能迅速调整自己，并全身心投入学习中。对于高一新生而言，你们要面对完全不同于初中的快节奏、高强度的学习生活，这让很多学生在短时间内难以适应。难以适应高中学习生活的表现包括以下几个方面。

首先，作息不规律，白天拖泥带水，晚上挑灯夜战，第二天昏昏欲睡，效率低下，由此形成恶性循环。建议存在这种问题的同学合理规划自己的时间，理清学习任务，将早读、晚读和自习时间进行细化，把时间分摊给各个科目并严格遵守自己制订的计划。大家可以根据自身情况有选择地熬夜，但要尽可能保证充足的睡眠时间。高一阶段建议大家不要晚于 12 点休息，未完成的学习任务应利用第二天的清晨或碎片时间来完成。

其次，未能妥善解决学习与兴趣特长之间的矛盾。以我自身为例，我高中所在的学校每年都会要求高一新生在校庆活动中以班级为单位开展歌曲合唱比赛，而我作为本班的钢琴伴奏，就曾向班主任老师提出晚自习请假回家练琴的请求。在老师和我分析了利害关系后，我坚持上了晚自习，充分利用每周一次的练琴时间练习伴奏曲目，最终顺利完成了伴奏的任务。反观彼时的自己，我当时的请求未免显得矫揉造作了。整个高一年级有数十人担任伴奏，然而要通过牺牲晚自习时间来练琴的学生应该寥寥无几。作为高中生，我们凡事应以学业为重，倘若因过于注重兴趣爱好而荒废了学习，岂非舍本逐末？所以，我建议处于高中阶段的同学们不要在兴趣班投入过多的精力，大家可以在高一、高二的假期稍作安排。若有定期的练习需求（如乐器，太久不练习会生疏或遗忘），应集中利用小部分课余时间进行练习，如每周日下午 2 点至 4 点。

最后，部分同学存在因缺乏对某些学科的热情而丧失学习动力的问题。高考改革后，"3+3"选科模式逐渐普及，文理科交叉融合已是大势所趋，但是有不少同学未能选择自己最心仪的科目，或是因偏科严重而被迫做出无奈的选择。希望有类似现象的学弟学妹们放下学科偏见，以平等、包容的态度看待每一门学科，不要期待通过转班等形式为自己留下退路。上课时同学们要紧跟老师的思路，积极参与课堂，课后要认真完成作业并巩固知识，逐渐培养自己对每一门学科的兴趣。凡事不要畏难，高中教育本就在难度上拔高了，学好任何一门学科都不轻松，所以同学们要锻炼自己的意志，培养自己的毅力，视一切挫折为成长路上的垫脚石。同学们要相信，只要能坚持下来，你们所收获的知识与成就感值得你们所付出的一切努力。

二、应变能力

应变能力集中体现为在遇到突发状况或偏题、难题、怪题时保持冷静、理性判断的能力。人们常说"计划赶不上变化"，事先做好的计划被临时打乱自然是一件令人不爽的事情。比如一天的课上下来，攒着一堆事情留到晚自习做，老师却突然袭击，用晚自习来考试。这时，班上大多数同学可能会抱怨不已，但聪明的同学不会让自己被负面情绪裹挟，他们会迅速调整计划，将学习任务按紧急顺序排列，比如把后天要交的作业留到明天完成，把复习和预习时间匀给书面作业，等等。当然，出于稳定心态的考虑，老师一般不会打乱学生们的学习安排。同学们可以提前与老师沟通，了解老师的计划，这样遇到突袭时就不会手忙脚乱了。

在考试中碰到难题或不常见的题型时，最重要的是放平心态，像2022年高考的全国乙卷就有不少创新之处。我们可以通过给自己"我不会的题目别人也不会做"的心理暗示，将紧张控制在合理范围内。若出现心跳加速、呼吸急促等生理不适的情况，我们可以做几次深呼吸，尽量让自己松弛下来。不过，恰如古人所言——"备预不虞""慧至从容"，我们要在平时做好充分的准备，把学习一点一滴落实到位，这才是在应试时能做到处变不惊的要旨所在。我会在后面的学习方法部分对此作进一步的介绍。

三、抗压能力

在谈论抗压能力前，我想先谈谈个人对压力的看法。压力是社会化竞争的产物，它不是个体独立衍生出来的，而是源自建立在有限社会资源基础上的群体竞争机制，它要求每个个体尽可能争取资源以更好地生存与发展。所有人都想在竞争中胜人一筹，渴望自己能出类拔萃，这在竞争日益激烈的当代社会尤为普遍，于是就有了"内卷"的蔚然成风、"鸡娃"的屡见不鲜。从另一角度来看，竞争会激发人们的好胜心。压力影响下的人们拒绝躺平和摆烂，所以压力会使我们的潜能得到释放，我们在与高手过招的同时也能获得成长，这也有利于群体的共同进步。在高中阶段，我们要正确面对自己在集体中的位次进退及与预期不符的成绩波动。对于抗压能力，我想提出以下几点建议。

首先，保持积极乐观的心态。凡事要多往好的方面想，我们要从错误中吸取教训，在出现失误后及时调整学习状态，而不要把竞争带来的负面结果盲目扩大。

其次，避免忌妒心理。一些看似学得很轻松的优等生的背后必有不为人知且与成绩相匹配的努力，因为天赋对分数的影响已在高中阶段被降低很多了。

最后，化思想为行动。高三的同学们承受的压力无疑是最大的。这种压力一方面来自高考倒计时的紧迫感，另一方面来自各大联考对自我认知的不断刷新。这里我想告诉学弟学妹们，应对压力的最好办法就是脚踏实地、少想多做，让冲刺的每一天过得无怨无悔。唯有如此，你们才能在面对最终成绩的时候少一点遗憾，多一分淡然。

羡子年少正得路，有如扶桑初日升。亲爱的学弟学妹们，希望你们用奋斗奏响青春的主旋律，迎接繁花似锦的未来！

祝
学业有成！

北京大学 徐欣怡

TIPS

❶ 在高中阶段，我们要正确面对自己在集体中的位次进退及与预期不符的成绩波动。我们要保持积极乐观的心态，凡事要多往好的方面想。我们要从错误中吸取教训，在出现失误后及时调整学习状态，而不要把竞争带来的负面结果盲目扩大。

❷ 同学们要准备好错题本，不要放过任何一道错题。每一道错题都会为我们提供一种思路和方法，所以每道错题都值得我们积累和反复练习。另外，同学们要有意识地提高做题准确率，不要让粗心大意成为犯错的借口，平日的疏忽可能会让我们在关键时刻酿成大的遗憾。

❸ 高中生一般很少有时间阅读大部头的名著，所以看一些杂志或短篇小说对作文素材的积累和文学素养的提高更有意义。建议同学们在学有余力的前提下养成阅读的习惯。另外，同学们要关注时事新闻和社会热点，多与对这些内容感兴趣的同学深入交流，让不同的思想碰撞出智慧的火花，这也有助于提高大家的思辨能力和语言表达能力。

❹ 做笔记不必面面俱到，只要挑老师讲解的重点做记录即可。同学们要提高速记能力，做笔记时可用符号或标记辅助书写，不要片面追求字迹工整和书写美观。有的同学在做笔记时会使用很多不同颜色的笔，这会极大地降低书写速度，个人认为使用黑、蓝、红这三种颜色的笔就够了。

第五篇

善积跬步
优秀源于日积月累

善积跬步

16

属于我的"三本"

🎓 **学生姓名**：虞兴平

🎓 **录取院系**：元培学院

🏛 **毕业中学**：湖北省随州市第一中学

⭐ **获奖情况**：2018 年全国中学生英语能力竞赛全国一等奖

2019 年全国中学生语文能力测评全国二等奖

2020 年全国中学生生物学联赛一等奖

2020 年全国高中数学联赛一等奖

三年以来，我在六大学科（选修物化生）中持续投入、不懈探索。如今，踏入燕园、泛舟未名的我很荣幸与大家分享中学阶段的一些学习经验和方法，希望对大家有所帮助。

谈到中学阶段的学习经验，我想课堂认真听讲的重要性不必多说，也不必再提题海战术，令我感触最深的当属"三本"和反思的过程。

所谓"三本"，是纠错本、积累本（摘抄本）和笔记本的合称。相信各位同学的老师们也曾多次强调其重要性，不过我想介绍的是我是如何来做的。

纠 错 本

纠错本是"三本"中最需要花费时间和精力的一类本子，与课外积累和课堂笔记不同，纠错本的整理贯穿课内和课外，耗时较长，任务巨大。除课内老师所给时间外，我们还要花费相当一部分课外时间和自习时间进行整理和反思。因此，经常有部分同学为应付老师的检查而草草地粘贴几道题并上交，使纠错本沦为了一种形式。

面对上述问题，我们首先要明确纠错的目的，要明白改错对于自身发展进步的重要意义。"会做一道错题，胜做十道新题。"纠错是一个"除错求真"的过程，一道典型的易错题可以提醒我们规避同类问题，而这个学习过程就体现在纠错本中。明确了纠错的目的后，相信大家会自觉整理出一本令自己满意的纠错本。我想对此提几点建议。

一、把握好改错和反思的节奏

在新课学习阶段，我们的错误大都是由对知识点掌握不牢造成的。在这一阶段，我们的自习时间以及课余时间通常比较充足，应在纠错上多花工夫，力求不放过每一个漏洞。纠错时我们可以采用全部手抄的方式来加深印象，也可用剪切、粘贴的方式来提高效率，但解题过程和思路方法一定要亲自总结，不可照抄答案，更不宜直接粘贴答案，否则自我反思的过程就会被忽略。

我们应该常常将纠错本拿出来复习，在第一遍整理的时候就记住肯定是最好的，不能指望以后再看。进入总复习阶段，我们会被大量的练习"轰炸"，纠错时间紧迫，任务量大，这时我们可以想办法加快速度，如粘贴答案等，不过仍要在后面注明解题思路，写上反思的内容，便于以后翻阅。

二、突出易错点和需要注意的问题

以生物为例，在必修3（旧人教版）的每个板块中，我会在相应的错题旁注明"血液不等于血浆""恒定不变不等于稳定不变""大熊猫和小熊猫不是同一物种"等提醒自己的话。如果两次复习相隔时间比较长，我们往往会在回头翻阅错题的时候忘记当时为何出错，而纠错时在旁边强调这些问题，我们复习起来就轻松、省时了。

三、学会取舍，抓住重点，灵活处理

后期的复习时间很紧，不允许我们十分细致地整理，这时我们应抓住主要问题，优先整理重要问题和典型错题。对于次要问题和偶尔出现的失误，我们不必将整个题目都搬上纠错本，而可以采取灵活的方法来处理。

以化学为例，我偶尔会将化学方程式误写成离子方程式，在这种情况下，我会罚自己将该方程式抄写十遍，以提醒自己下次看清题目要求，这样做既达到了纠错的目的，又为其他错题节省了时间。

积累本（摘抄本）

这类本子在语文和英语两大学科中应用广泛，也是我们最早接触的一类本子，其历史可以追溯到小学阶段。通常来说，我们是不会用课内时间来进行摘抄和积累的，我们需要在课外抽时间落实这项工作，但效率还是要保证的。

一、利用碎片时间进行积累

积累本的整理是一个从零散到整体的过程，我们要善于利用碎片时间积累双语材料。下课期间，在休息或请教习题后，剩下的时间不够做题或纠错，我们便可以积累一两个文言实词或英语单词。早自习、晚自习和午休都有很多碎片时间，只要我们把握好这些机会，就能实现"碎片时间出高分"。我以前用过一本书，封面上"微时光、大语文"的字样使我很受启发，一微一大，毫不违和，个体与整体的辩证统一就体现在其中。

二、做好语文学科的积累

语文在新高考中的地位逐年上升，对学生核心素养的要求也越来越高，这就需要我们有足够的积累量，只靠应试技巧是很难取得高分的。我认为，语文的积累主要体现在两大方面，一是古诗文，二是写作。

古诗文积累可以分为对文言实词、文言虚词、文言句式、文化常识和诗歌意象等的积累。从高一开始，我们便会接触高考题型。在每次练习的过程中，我们可以将不懂的文言词语做上标记，在课后查清词义，之后整理到积累本上。课堂上我们要多留意老师讲解的文言句式，将其翻译方法积累下来，避免在考试中因翻译不规范而丢分。

文化常识常常让不少同学感到头疼，毕竟这些知识离我们所处的时代太远，我们只能通过学习和积累的方式来感受古人的智慧和文化。每道文言文阅读大题中都会出现几个文化常识，我们可以在弄清答案解析后将其积累到本上，坚持保持这个习惯，我们自然会受益良多。

诗歌、意象也是很重要的积累对象，正确理解这些意象可以帮助我们理解诗歌的主旨和思想感情。在平时的学习中，我们应善于总结古代诗歌中经常出现的意象，如"明月""长亭""杜鹃""斑竹"等。

语文写作的积累主要是素材的收集。一篇优秀的作文不仅需要充分的素材，还应有优美的语言，这些语言就来源于我们平时的积累。除学习优秀高分作文外，同学们在日常生活中可以多读读《人民日报》等报刊中的重要评论，将其中比较优美或精练的语句摘出来，在写作时有意识地模仿这些句式，这样做可以使自己的语言得到升华。

三、做好英语学科的积累

英语方面的积累就比较简单了，主要是单词和短语的积累，这个过程其实也可以与笔记本的整理相结合。另外，英语的积累要注意旧词新义和一词多义的情况，注意动词搭配介词所组成的短语的词义。高考英语考查的内容越来越灵活、新颖，它的考查范围不局限于常用词义。因此，我们积累的范围要尽可能广，多注意单词的新用法。当然，我们不要把重心放在偏词、怪词上。

笔　记　本

笔记本是"三本"中最基础的一类本子。"基础不牢，地动山摇。"用心整理出一本属于自己的笔记本对于各科的学习非常重要。有些同学认为只有数理化这样的学科需要记笔记，其实不然，各科都需要有相应的笔记本。下面是我自己的一些经验。

语文笔记本要整理的是各类题型及其作答方法和思路。语文题目确实没有固定的答案模板，但一定有相应的思路。笔记本正是用来记录这些思路的。不同类型的题目要从哪几个方面思考，不同作文类型的审题方法、立意分别是什么，都可以记到本上。

数学笔记本要整理的是对大类板块答题方法的总结。平时的数学笔记大都可以直接标注在书本上，对于一些大类板块，则可专门用笔记本整理。我曾将导数压轴题的各种题型和解法都总结在厚厚的本子上，并在每种题型后附上十几道例题，在每道题目后写出自己的思路，便于复习时回顾。

英语笔记本要整理的是单词、短语、语法、词性转换等，在此不再赘述。

物理笔记本要整理的是二级结论。物理课本讲得比较详细，不需要我们进行过多的补充，而很多常用且省时的二级结论是我们在做题时得到的，或是从老师那里获得的。利用这些二级结论可以帮助我们快速而准确地做选择题（解答题中不能直接用），所以我们有必要将这些结论记录下来。

化学笔记本要整理的是知识系统。我的化学老师曾说，化学知识点非常零散，好像一堆碎玻璃碴。面对如此繁杂的知识点和考点，我们应尽力做好笔记整理，不漏掉每一个知识点。在错误面前，不存在大的知识点和小的知识点，只有将每个细节掌握好，我们才能顺利解决化学试题乃至各科试题。

生物笔记本要整理的是知识点、易混词语和表达方式。生物知识点虽不像化学那样零散，但也需要系统整理，尤其是必修 3 的"稳态与环境"板块有大量易混的表达，如"稳定不变"和"恒定不变"等，我在前面已经提到过了。我们可以在笔记本中专门将这些词语放在一起进行对比，区分它们的含义。

反思——成长的起点

整理出了让自己满意的"三本"后，我还要再强调一点——学会反思。

新高考对核心素养的考查非常重视。对于双语学科来说，反思体现在解题思路上。阅读理解中我们自己的想法有时会与出题者的本意不同，这就需要我们多反思，总结不同题型的解题思路。

在理科的学习中，反思体现在思维上。当我们比较熟练地掌握了某个知识点时，就不必再反复练习千篇一律的题目，而应拾起一道做过的题目认真反思，尽量打开思路、发散思维，寻找其他的解题方法。我们不妨问一问自己：此题有没有其他解答方法？这个公式是根据什么思维列出来的？换个方法做能不能更快地得到这个式子？如果能将反思做到位，学习效果会比机械性刷题好得多。

在我的心中，未名湖是一片海，中学阶段的知识也是一片海洋。只要我们找到合适的学习方法和技巧，就定能在自己的海洋中乘风破浪、扬帆远航！希望我的分享对大家有所帮助，更期待与大家在燕园相见！

TIPS

❶ 积累本的整理是一个从零散到整体的过程，我们要善于利用碎片时间积累双语材料。下课期间，在休息或请教习题后，剩下的时间不够做题或纠错，我们便可以积累一两个文言实词或英语单词。早自习、晚自习和午休都有很多碎片时间，把握好这些机会，就能实现"碎片时间出高分"。

❷ 纠错时我们可以采用全部手抄的方式来加深印象，也可用剪切、粘贴的方式来提高效率，但解题过程和思路方法一定要亲自总结，不可照抄答案，更不宜直接粘贴答案，否则自我反思的过程就会被忽略。

❸ 一篇优秀的作文不仅需要充分的素材，还应有优美的语言，这些语言就来源于我们平时的积累。除学习优秀高分作文外，同学们在日常生活中可以多读读《人民日报》等报刊中的重要评论，将其中比较优美或精练的语句摘出来，在写作时有意识地模仿这些句式，这样做可以使自己的语言得到升华。

❹ 当我们比较熟练地掌握了某个知识点时，就不必再反复练习千篇一律的题目，而应拾起一道做过的题目认真反思，尽量打开思路、发散思维，寻找其他的解题方法。我们不妨问一问自己：此题有没有其他解答方法？这个公式是根据什么思维列出来的？换个方法做能不能更快地得到这个式子？

17

日常学习方法漫谈

- 🧑 **学生姓名：**吴雨睿
- 🎓 **录取院系：**中国语言文学系
- 🏛 **毕业中学：**重庆市巴蜀中学
- ⭐ **获奖情况：**2017—2018 学年、2018—2019 学年重庆市渝中区

   三好学生

高考改革后，各学科的题型和要求有所改变，作为参加重庆最后一届老高考的"绝版"文科生，我就在此分享一些大家能普遍适用的学习方法吧。

做好笔记

一、切忌盲目记笔记

在课堂上我们要以听懂为主，切莫一味地抄笔记而漏掉老师没有写下的重点。如果来不及记，可先记关键词，课后再补充。大家可以和周围的同学分工合作，你抄前面，我抄后面，众人拾柴火焰高嘛。笔记一定要在课后尽快补全，否则过不了多久，你就会看着那片残缺陷入迷茫。

二、使用固定颜色与符号体系

我买了很多彩色中性笔，以红、蓝、黑为主色，分别对应重点知识、举例、普通知识。除此之外，易错点、通用方法、逻辑关联、自己的感悟总结及考点、考频、考法也分别有对应的颜色。长期这样做就会建立起条件反射，便于我们复习。

三、让笔记集中起来

不要将笔记记在试卷或不常用的资料上，我们要尽量把笔记集中记在一个或几个地方，这样比较方便我们查阅。

整理错题

一、错题整理方法

1. 剪切法。这是在同学中最流行的整理错题的方式，比手抄错题的效率高很多。每科可以准备一个活页本，我们可以按板块或时间顺序整理。如果做得有条理，复习的针对性会大大增强，自己也会很有成就感。我没有尝试过，但据知情人士讲，这样整理错题还是会在不知不觉中花掉很多时间和固体胶。

2. 留存原貌法。我没有使用改错本，因为我觉得它会消耗大量的时间，我也不忍心让每张试卷都"千疮百孔"，所以我保留了所有试卷，用荧光笔将错题标出，以快速定位。这样做的优点是：在做同类题对比分析或板块总结时，自己能找到相关题目，毕竟剪贴错题可能会把背面重要的题（当时很可能意识不到）剪掉。然而，高中三年的试卷真的特别多！要快速找到想要的题，就必须对做过的题十分熟悉。在高三后期，我的课桌下堆满了试卷袋，难寻落脚之地，蔚为壮观。

3. 概括索引法。这是我在文综三科的题目合并到一张试卷上后探索出的升级版方法，可配合留存原貌法使用。我的做法是在一页纸或一个本子上写下错题的出处，概括题目大意，标注题型、错因、考点与新知识等，这就使一道题就变成了短短的一行字。这样复习更高效，找题更方便，还训练了自己的概括能力，可谓一举三得。不同板块、不同题型用不同颜色或符号会更加直观，通过这种方式我们可以分析出自己的薄弱板块，从而对症下药。

4.科技助力法。在线上学习期间，我找到了更高效的整理方式——用 Word 整理错题。在电子文档中进行复制和粘贴简单而快捷，新的错题想放哪里就放哪里，对比分析、板块总结、关键词查找再也不是问题。回归线下课堂教学后仍可使用该方法，拍下错题后将图片转为文本即可，走读的同学可以试试看。不过，大家千万不要以此为由玩手机呀！

二、错题整理原则

无论用什么方法，都要以掌握知识而不是收集错题为目的。只要吸收了错题的精华，触类旁通，错题在不在、在哪里就都不重要了。仅仅剪贴错题而不挖掘错题背后的东西只会白白浪费宝贵的时间。在整理错题时，我们要注意两点。

一是及时整理。如果你一直把错题晾在一边，你就会永远失去它。

二是反复温习。每个周末和每次考试前我们都需要复习一遍错题，复习一次就在题目旁打个钩。如果已经很熟悉了，以后就不必再看；如果思路仍不通畅，下次还需要多加关注。

"问渠那得清如许，为有源头活水来。"一边删除，一边补充，让你的错题集锦活起来吧。

日常积累

我买了一个本子，分成了"问题栏""总结栏""待办栏""鸡汤栏"，放在手边随时记录。以前我会把各学科记在一起，但这样比较乱，还是每科分开记录更科学。

一、问题栏

问题栏主要用来记录自己不懂的地方和遗忘的知识点，请教老师、同学或翻阅教材后，需要把答案写在问题旁。

二、总结栏

总结栏占整个版面的 70% ~ 80%，用来记录在做题中发现的零碎知识点、大题漏掉的点、尚未形成体系的新方法等。

三、待办栏

待办栏用来记录来不及处理的事，比如要补的作业、想做的总结等。处理完打钩会有种达成新成就的获得感！我们可以用"重要紧急四象限法则"，保证自己始终在做最重要的事。

四、鸡汤栏

每周写一句鼓励自己的话吧，可以是名人名言，可以是对自己的期许。激励自己的同时，也积累了作文素材。

五、随时记

我会在方便随身携带的小本子上记下各科答题时常用的术语。除此之外，我们还可以记录语文的文言词汇、文化常识和高级词语，还有英语的生词和介词搭配等。我们可以利用下课和排队的零碎时间背一背。

记忆窍门

背书不一定会考好，但不背书一定考不好。我的记忆的总原则是记少不记多，重点记忆特殊、无规律性的内容。

一、谐音口诀法

该方法适用于记大题模板。我们可以把每个点浓缩为一两个字，编成有趣的口诀。比如，语文中的表现手法可以编为："想（联想、想象）虚（虚实）托（托物言志）小（以小见大）白（白描）杨（抑扬）点（点面结合）染（渲染）动（动静结合）景（以景作结）象（象征）。"

二、情境代入法

现在高考特别重视情境化，记忆时我们也可以设身处地地去思考。背诗文，就把自己想象成作者，体悟其中蕴含的情感；背历史事件，就穿越到那个时代，把握社会背景；背地理，就来一次脑海中的旅行……理科也是同理。把文字变成动态的画面，印象就更深刻了。

三、理解记忆法

这种记忆方法适用于数学公式等逻辑性强的内容。只要我们掌握了推导法，忘记公式也不慌。

四、反复背诵法

没有什么东西是背不下来的，如果有，那就多背几遍。遗忘也很正常，重新打开书，再战三百回合！

抗击睡魔

充足的睡眠是精力充沛、提升效率的保障。睡眠时间视个人情况而定，我是我们寝室睡得最早的。在高一和高二，我一般在 11 点熄灯的时候就睡觉了，高三是 11 点 30 分熄灯，我只好少睡半小时了。周末和假期可以稍稍多睡一会儿，但也要保持规律的作息。以下是我在白天减轻困意的方法。

一、外用内服法

如果我们白天有困意，可以抹风油精或青草药膏，或者喝茶和咖啡。这也因人而异，反正我对茶和咖啡敬而远之，不知何故，我喝完之后白天还是困，但晚上会睡不着。

二、运动放松法

下课的时候我们可以散散步、跳跳绳，活动颈椎、伸展四肢、按摩穴位也有一定的效果。

三、寻找刺激法

相信大家有过在与周公相会时忽然被老师叫起来，然后困意全无的经历吧。那么我们何不化被动为主动呢？我们可以积极地与老师进行眼神上的交流，回答老师的提问，或在课后找老师请教问题，说不定我们马上就清醒过来了。

弥补弱科

弥补弱势学科是一个在痛苦中点缀着惊喜的漫长过程，在弱势学科上取得进步或许会比较艰难，但你走的每一步都算数。从高一到高三上学期，我的数学一直在中下游徘徊，甚至经历过好几次不及格。那时的我常常对难题毫无头绪，做简单题也错误百出。幸运的是，我锲而不舍的苦攻终于有了回报，考到 145 分不再是遥不可及的梦。在高考中，我也取得了理想的数学成绩。下面我来简单地介绍一下我个人的经验吧。

一、相信自己

没有人可以定义你，所以请勇敢地撕掉身上的标签，走出自我怀疑的泥沼，正视困难的同时，坚定地执灯前行。我也曾在其他人成绩突飞猛进而自己却原地踏步时陷入迷茫，也曾无数次在办公室和寝室落泪，但老师的安慰与鼓励和心中燃烧着的踏入燕园的梦想让我重拾信心，再次投入数字与符号的海洋。做错了就重来，一遍、两遍……直到得出那个正确的答案。持之以恒，厚积薄发，量变引起质变的那天总会到来。

二、合理规划

弥补弱势学科越早越好，因为后期我们几乎没有自主安排的时间。我们要做好打持久战的准备，把时间和精力向弱势学科适当倾斜。我们应当将高中三年看作一盘棋，紧跟老师步伐的同时，为自己量身打造一个有连续性的计划。周末、假期和大考前后通常有大块的时间，这些时间是我们不可错失的弥补弱势学科的良机。当然，其他学科也不可偏废，毕竟这是一场"整体战"，我们要在探索中寻求平衡。

三、夯实基础

没有基础，提升便无从谈起。我们首先要做的是掌握概念，然后合上书，尝试从整体上建构框架，接下来再不断细化和完善，这样做我们就能得到属于自己的知识体系。如有不熟悉的地方，我们可以翻开课本或之前的笔记，做上记号并多多留意。正所谓"绝知此事要躬行"，只有去思考、去实践，我们才能知道自己是否真正掌握了这些知识。老师的其他要求，比如在课下自己动手计算、探索其他解法，我们必须落实到位。

四、克服粗心

粗心不是意外，而是能力不足的表现，我们不要敷衍地以粗心为理由掩饰更深层的问题。我们可以把每一个粗心的错误用一句话写下来，每次考试前看一遍。在总结了60余条"数学错题大法"后，我发现，我的低级错误在不知不觉中减少了。

五、突破薄弱点

每一科我们都有比较难以理解且失分较多的薄弱板块，逐一啃下这些硬骨头，我们就能突破瓶颈。我们可以用专题的形式总结题型和方法，再配几道典型的题，探寻规律并总结成文字，再通过做题进行检验。盲目刷题不可取，我们应在老师的指导下从易到难挑选题目，在实践与认识的双向互动中提升自己的学习能力。

六、寻求帮助

"当局者迷，旁观者清。"在遇到问题时求助老师和同学，你或许就会茅塞顿开。我曾向数学老师询问为何我很难进步，他也没找出原因，只是让我坚持积累、多问问题。当时，我因为没有得到想要的答案而沮丧，但还是努力地照着去做了。再回首，我幡然醒悟，这绝不是敷衍了事的空话，这就是打开成功之门的金钥匙。

在某一次谈话中，倒是语文老师的一句话一语惊醒梦中人。他说："想要学好数学，需要有整体观念，站在题目以外考虑出题人的意图，而不是陷在某个细节里。"崭新的视角加上不懈的积累，就会有令人意想不到的进步。而作为同龄人，我们的同学更能明白自己的疑惑，和同学讨论常常能让我们收获巧妙的新解法，从而实现优势互补，共同进步。

总之，内部条件与外部条件兼具的你，一定能乘风破浪、披荆斩棘！

🔅 *TIPS*

❶ 我买了很多彩色中性笔，以红、蓝、黑为主色，分别对应重点知识、举例、普通知识。除此之外，易错点、通用方法、逻辑关联、自己的感悟总结及考点、考频、考法也分别有对应的颜色。长期这样做就会建立起条件反射，便于我们复习。

❷ 无论用什么方法，都要以掌握知识而不是收集错题为目的。只要吸收了错题的精华，触类旁通，错题在不在、在哪里就都不重要了。仅仅剪贴错题而不挖掘错题背后的东西只会白白浪费宝贵的时间。

❸ 现在高考特别重视情境化，记忆时我们也可以设身处地地去思考。背诗文，就把自己想象成作者，体悟其中蕴含的情感；背历史事件，就穿越到那个时代，把握社会背景；背地理，就来一次脑海中的旅行……理科也是同理。把文字变成动态的画面，印象就更深刻啦。

❹ 没有基础，提升便无从谈起。我们首先要做的是掌握概念，然后合上书，尝试从整体上建构框架，接下来就可以不断细化和完善，这样做我们就能得到属于自己的知识体系。如有不熟悉的地方，我们可以翻开教材或之前的笔记，做上记号并多多留意。

简谈总结、反思和积累的方法

👤 学生姓名：许展鹏

🎓 录取院系：城市与环境学院

🏛 毕业中学：华中师范大学第一附属中学

如今，越来越多的学生和家长被这样一种观念所束缚：只有通过高中三年的疯狂刷题，才有可能在高考中取得理想的成绩，进入心仪的大学，而且题目刷得越多，考的分数也就越高。于是，各种教辅资料应运而生，街道两旁的课外补习机构遥相呼应。而学生的任务就是每天奔走于学校和各大培训机构之间，晚上还要熬夜苦战，以完成那根本不可能完成的作业，让自己彻底沦为考试的机器。

然而，事实真的如此吗？提高成绩真的只有熬夜刷题这一条途径吗？

细心的同学和家长一定会发现这样一种"反常"的现象：教室里课桌上书堆得最高的学生并不一定是学习成绩最好的，而一些成绩优异的同学桌面上似乎"一尘不染"，甚至还会看到他们做完一道题后久久没有动笔做下一道，似乎在"发呆"……

那么现在我要指出的就是：这些看似"发呆"的行为可能正是这些学霸们的制胜法宝——及时地总结、反思与积累。

大多数的高中生应该都有过这样的经历：考试中丢分的地方与自己曾经做过的题目是类似的。既然如此，为什么还会造成这种不必要的失分呢？一方面，身处考场时的心态变化可能导致我们发挥失常；

另一方面，则是平常作业只求完成即可、做练习时只注重数量的坏习惯在作祟。下面我将从自身经验出发，介绍我在学习过程中的总结、反思和积累的具体方法。

语文学科的总结与反思

作为高考的过来人，我对高考中语文学科的重要性深有体会。作为全国卷的考生，同时又是本省新高考的第一届考生，我能深深感受到国家对语文学科的重视。人们常说，得语文者得高考。如何在试题的变化中抓住其中的不变量，高效地学习语文，是每一位高考考生需要思考的问题。那么，我们应当如何做好语文学科的总结和反思呢？

以信息类文本阅读为例，其主要考查学生处理、分析信息的能力。有时出现在试卷上的文本是一些专业的学术论文，离高中生的日常生活较远，但其内核仍然是让学生整合复杂信息、提取主要观点。在做此类题目时，我们不妨将题材相近的文本整理在一起，然后思考这些文本有哪些观点是一致的，文本的结构是怎样的，选择题考查的内容有什么相同或相近之处，问答题都是怎样考查文本内容的，等等。只有这样，我们才能在脑海中形成一个清晰的认识，即此类文本有哪些考查形式，在阅读时应当着重注意哪些内容，从而在以后遇到类似文本时有重点、有目的地进行阅读，以提高做题的效率与准确率。

除此以外，我们还应当认真研究标准答案并且思考以下问题：

◆ 标准答案是从哪几个方面回答问题的？

◆ 为什么要从这几个方面思考？

◆ 不同题目在标准答案的设计上是否具有共性？

◆ 要经过什么样的思维过程才能让自己的答案与标准答案的要点一致？

只有如此，我们才有可能真正知悉解题思路与命题者的意图，从而踩中要点。

总之，在语文考试中，无论是选择题还是简答题，做完以后我们都应该思考其内在的规律，即命题人的思路是什么样的，以及我们要如何思考才能顺着命题人的思路快速而准确地解题。

至于其他题型，其实也都大同小异，方法都是相似的，只是不同题型考查的侧重点不同，考查形式各异罢了。无论是文学类文本还是文言文，抑或是诗歌阅读、语言文字运用乃至写作，我们都可以尝试运用类似的方法进行总结和思考。

广大高中学子们，当你们埋头书海拼命刷题时，不妨也偶尔停下手中的笔，闭上眼睛静静地思考刚刚所看到的题目和标准答案，这样做或许会取得比做十道题更大的收获。

英语学科的总结与反思

相对于语文，英语学科更加注重对考点的把握，这启示我们在英语学习中应当更加深入地了解考点。以阅读理解为例，其考查类型主要有主旨把握、词义猜测、细节理解等。因此，在完成英语题目后，我们要进行反思，注重思考自己在哪个考点上犯了错误以及为什么会犯这种错误。

此外，我们最好将几道题放在一起分析，这样才能发现哪一方面是自己的短板，然后在今后的练习中更加注重培养自己这一方面的解题能力，掌握解决类似问题的方法，从而提高整体成绩。

理科的总结与反思

对于理科的学习，总结与反思同样十分重要。对于理科，大家普遍的观点就是要多做题。我并不否认适当的练习对于理科学习是有帮助的，但是如果能在刷题中留出一些反思和总结的时间，往往会使我们茅塞顿开，取得事半功倍的效果。

以数学学习为例，我认为学好数学最关键的就是运用数学思想武装自己的头脑，这些数学思想往往是解题的秘诀。而要想知悉这些思想的深层内涵，适当的反思和总结必不可少。今年的新高考全国1卷的第七题就很好地揭示了数形结合思想在解题中的重要性。题目如下：

若过点（a，b）可以作曲线 $y=e^x$ 的两条切线，则（　　　）。

A. $e^b<a$　　　　　　　　B. $e^a<b$

C. $0<a<e^b$　　　　　　　D. $0<b<e^a$

这一题可能很多同学觉得无从下手，或者准备用切线的定义列出式子，然后开始"爆算"。然而，如果对数形结合思想理解得透彻，加上一点平时做题的经验，就可以秒杀这道题，因为只要画出了图形，这道题就能一眼看出答案。

要想在高考中脱颖而出，在这种技巧性的题目上我们一定要做到又快又准，而这就需要我们在平时的做题中勤于思考，从错误中总结经验，在脑海中形成清晰的认识，即什么样的题目会用到数形结合的方法。只有这样我们才不会在考场上走弯路，做到快速而准确地解题。此外，重要的数学思想还有函数与方程思想、分类讨论思想、转化与划归思想等。可以说，数学试卷上的难题大多是这些思想的综合运用，例如导数题往往会用到分类讨论思想和转化与划归思想。在平时的训练中我们就要时常反思自己做错的原因，找到自己思维的短板，从而有针对性地进行练习，决不犯类似的错误。

总结与反思在其他理科的学习中也发挥着重要作用。例如，物理题目一般以物理过程为主要考查内容，因此，脑海中形成清晰的物理过程就显得尤为重要。然而，很多同学面对错题只会说："哎呀，中间这一过程没想到。"这些同学显然缺少了进一步的总结与反思：为什么这一步没想到？为什么解题需要考虑这一步？这一步与上一过程或下一过程有什么样的逻辑关系？以后要怎样做才能避免遗漏步骤？这些问题都是做完一道物理题后我们应当思考的。

至于化学和生物，重点就落在了对文字叙述题标准答案的总结与反思上。无论是化学中对某一现象原因的考查，还是生物中对实验设计步骤的设问，我们都应当认真研究标准答案，分析答题的逻辑规律和思维过程，进而思考如何才能快速找到答题思路。经过这样的总结与反思，你就会发现其实答案的思路并没有想象中的那么难，这样做也能够增强自信心，使我们自如地应对考试。

积累是一种习惯

总结与反思不应当只停留在"想"的层面。我们需要准备一个小本子，记录下自己从一道题中总结出来的经验和规律，日积月累，这个本子就成了你的"独家秘籍"，成为你的"提分宝典"，而这种随时记录的习惯便是我们常说的"积累"。

积累在语文和英语学习中的重要性不言自明。语文老师一定会告诉你，作文论述时一定要用事例进行论证，而这些事例也就是我们平时积累的作文素材。英语作文也是如此，应用文写作需要我们积累常见的句式，读后续写则需要积累一些描写动作、环境等的经典语句。这样看来，掌握高效积累的方法就显得十分重要。

很多人可能习惯于在固定的时间里专门进行积累，但我个人则更倾向于利用零碎的时间，遇到值得记录的就立刻积累下来。此外，对于做好积累，我还有一些个人的建议。

第一，不要局限于有限的积累范围。比如，积累作文素材不要仅限于从优秀作文里摘抄，阅读题中也有许多精彩的语句。

第二，在积累的过程中也要积极思考。以积累读后续写的动作描写为例，在积累的过程中我们就应该思考：在续写文章具有什么样的特点（题材、语言特点等）时可以运用这些语句？运用时上下文用哪些衔接词可以使文章自然流畅？

第三，时常回顾最近积累的内容。只有经常翻看，这些语句才能真正刻入脑海，我们在运用时才能更加自如。

学弟学妹们，艰难方显勇毅，磨砺始得玉成。当你们日夜埋头于书海之中，不妨也时常抬头仰望，暂时将繁重的任务置之脑后，思考一下自己今天学到了什么，然后提起笔，继续向着心中的远方奋斗！最后，祝愿学弟学妹们学业有成，在高考中取得理想的成绩，顺利步入心仪的大学！

TIPS

❶ 我们应当认真研究标准答案并且思考以下问题：标准答案是从哪几个方面回答问题的？为什么要从这几个方面思考？不同题目在标准答案的设计上是否具有共性？要经过什么样的思维过程才能让自己的答案与标准答案的要点一致？只有如此，我们才有可能真正知悉解题思路与命题者的意图，从而踩中要点。

❷ 英语学科更加注重对考点的把握，这启示我们在英语学习中应当更加深入地了解考点。以阅读理解为例，其考查类型主要有主旨把握、词义猜测、细节理解等。因此，在完成英语题目后，我们要进行反思，注重思考自己在哪个考点上犯了错误以及为什么会犯这种错误。

❸ 重要的数学思想包括函数与方程思想、分类讨论思想、转化与划归思想等。可以说，数学试卷上的难题大多是这些思想的综合运用，例如导数题往往会用到分类讨论思想和转化与划归思想。在平时的训练中我们就要时常反思自己做错的原因，找到自己思维的短板，从而有针对性地进行练习，决不犯类似的错误。

❹ 反思与总结不应当只停留在"想"的层面。我们需要准备一个小本子，记录下自己从一道题中总结出来的经验和规律，日积月累，这个本子就成了你的"独家秘籍"，成为你的"提分宝典"，而这种随时记录的习惯便是我们常说的"积累"。

第六篇

玩转考场
备考技巧大揭秘

玩转考场

19

闭门向山路，深柳读书堂

学生姓名：孙一宁

录取院系：数学科学学院

毕业中学：清华大学附属中学

获奖情况：2017 年全国高中数学联赛二等奖

2017 年全国青少年科学奥林匹克资格赛一等奖

第 10 届全国中学生数理化学科能力展示活动数学

学科二等奖

第 10 届全国中学生数理化学科能力展示活动物理

学科三等奖

高中阶段的学习需要"霜侵雨打寻常事，仿佛终南石里藤"的韧性；需要"苔花如米小，也学牡丹开"的梦想；需要"寻章摘句老雕虫，晓月当帘挂玉弓"的执着……在这篇文章中，我会介绍一些有关高中应试的方法和经验，希望能对大家的学习生活有所帮助。

应对各科考试的通用学习方法

一、掌握考卷特色，进行针对性复习

在高三阶段，我们会参加许多次考试，我们要关注这些试卷的特色，分析这些试卷中有没有类似的题型，有没有重要而自己却丢了分的地方。及时整理这些内容有助于我们分数的提高，因为这些出题点往往会多次在试卷中出现。例如 2020 年北京的化学调研卷中，有一道题只有考生答出"粒径"才给分，而海淀区一模卷也设置了这样的给分点。我们只有在做前一套卷子时对这样的知识点留下印象，才可以把这类未出现在课本中的内容答出来。在 2020 年海淀区一模卷中，多文本阅读的错因几乎都是对象主体错误，这说明海淀区的出题人认

为对象主体错误是多文本阅读的重要考点，那么高考出题人也很可能会设置涉及对象主体错误的选项。

掌握考卷特色也要求我们多做新题而不是陈年的旧题，因为旧题可能会在出题方法、出题角度等方面和现在的题目有所不同。

二、考前科学刷题，保证稳定发挥

虽然有些人认为刷题并不是取得高分的必要条件，但是在自身能力不是很高的时候，刷题仍然是取得高分的一种比较可行的方法。在高三的语文复习中，我完成了三本《5 年高考 3 年模拟》（分别是北京版、全国版和天津版，其中全国版和天津版我只完成了与北京高考题型相同的诗歌鉴赏题和散文阅读题）和北京市各区县 2014—2019 年的模拟题（包括高三上的期中考试和期末考试、一模、二模）。在参加了海淀区的一模和二模之后，我又完成了 2020 年各区县一模、二模的试题。

在做《5 年高考 3 年模拟》的时候，我会在另外一个本子上写出答案，以保证自己在时间充足的情况下把所有想写的答案都呈现出来，而不是在很小的格子里写答案。同学们不要因为需要写的字数比较多就不写了，如果觉得空格太小的话，就用别的本子写，这样可以保证自己考试的时候能大致写满答题纸。

做模拟题的时候我会注意整理各类题型的重点、选择题的设错方向和大题的答题模板。虽然在考试的时候我们并不需要把每个错误选项的错因都写出来，但是在清楚地了解了这些选项的错因之后，我们的做题速度和准确率都会得到提高。

三、规划考试时间，提前计时练习

为了保证考试的时候不发生做不完题的情况，我们需要提前规划每道小题的做题时间。在分板块练习的时候，我们也可以用计时器记录我们做某道题目所花的时间。

既使我们在考试的时候遇到某一道题超时的情况也不要慌张，后面的每道题我们都可以少用一些时间，加快速度。在文科的考试中，最后一道作文题用时的弹性是比较大的，我们也不需要因为只剩半个小时或者25分钟写作文而感到十分慌乱，只要我们审题精准，作文结构合理、内容丰富，也可以得到一类文的分数。

另外，考试时我们可以戴上手表，注意考试时间，但也不要过多地在意时间，我们仍然应当把重心放在试卷上。

四、沉着应对变化，冷静细致分析

每年高考的政策都会有变化，出现的新题型需要我们进行精准的复习。我们需要关注考纲的变化、老师上课的内容和发放的复习资料，以及考试中出现的新题型。例如，在高三上半学期期中之后，北京高考才确定在语文考试中加入对《论语》和《红楼梦》的考查，这并不需要我们在这两本书上花过多的时间，而是要求我们对相关的题目进行练习。当然，我们也不能因为觉得这类题目难度过大而放弃复习。

不论是模拟考试还是高考，我们都可能遇到没有做过、整理过的题目。遇到这些题目不要惊慌，我们需要做的是仔细读题，不要把题干读错，不要理解错题目的意思。

五、积极交流讨论，碰撞思维火花

在各科的学习中，我们当然会遇到不少的问题，除了找老师答疑以外，也可以和同学进行讨论。因为老师可能会从教学的角度来分析问题，所以有时可能不能很好地理解学生的思路和问题。例如在文言文阅读中，学生出现的很多翻译或者理解方面的错误，老师是绝对不会犯的，所以老师很少向我们讲解如何规避这样的错误。这时，和同学讨论就至关重要，因为其他同学也可能和自己犯一样的错误，有些同学跨过了这个障碍，就可以帮助大家更好地理清思路，也便于同学们学习水平的提高。

六、总结应试技巧，稳步提高能力

在理科的考试中，解答题目通常是有步骤、有顺序的。见到一道圆锥曲线题或者一道动量题，应该先做什么，这通常是有规律的。我们要明确每道题目应该如何下手，分析如何通过条件得到需要的信息，这样可以保证我们的回答更加接近正确答案。

而在文科的考试中，选择题特别需要我们整理错因，快速发现错因是一种应试技巧，这种技巧是需要我们细心总结的。如果觉得抄写错题浪费时间的话，我们也可以通过剪贴的方式，或者利用一些辅助工具帮助我们整理。

2020年北京高考模拟题中，诗歌鉴赏选择题出现了很多误读的选项。误读是由我们没有完全理解诗歌造成的，但我们的能力一时半会儿也很难提升到可以完全读懂古人表达含蓄的诗歌。发现误读的选项是难度很大的，这就需要我们把见过的所有涉及误读的题目都整理出来，找寻其中是否存在一些规律。误读是诗歌鉴赏选择题的主要错因，古今异义是实词在文言文阅读中的主要错因。当然，在考试中是否真的会考到这些，还需要同学们自己去发现。

七、平衡各科时间，避免因小失大

高考成绩是各科考试成绩的总和，所以我们要尽量做到不偏科。同时，我们也不能不学习学得比较好的科目，而去弥补其他科目的不足，这样可能会让我们在考试的时候对题目很生疏，导致考试成绩不理想。

各类语文试题的练习方法

我的语文成绩虽然没有达到全班的最高水平，但是在高三的历次考试中都在 125 分以上。可以说，是我的学习方法帮助我提升了语文成绩，所以我想在这里集中介绍一下自己对于语文各类题型的一些学习经验。

一、多文本阅读

1. 认真阅读，圈点勾画。多文本阅读的文章很长，在阅读的时候我们不能盲目地读，而是要仔细分析，注意定语和中心词，标注出选项出现在文中的位置和大题答题点所在的位置。

2. 掌握技巧，提高效率。在平时做题的过程中，我们要及时总结和整理各个选项的错因，这可以帮助我们提高做题的速度。

二、文言文阅读

1. 打牢基础，准确迁移。人教版高中语文的必修教材和《中国古代诗歌散文欣赏》这本选修教材中有许多篇文言文。在上课的时候，老师会逐字逐句地讲解这些文言文的字词句翻译、文化常识和主题。我们需要认真听讲，把老师讲解的东西都记录在书上，并标记出重点。对于自己没有理解的地方和无法准确翻译的地方，下课要及时问老师。同时，我们可以整理属于自己的古文词典，及时增补其中的内容，形成自己的知识体系，便于遗忘时查找。课内的文言文都是非常经典的，这些文言文所存在的语言现象都是非常典型的。文言文中的虚词，诸如"以""而""其"等词出现的频率都很高，需要我们重点记忆。如果我们能总结出这些高频知识点，就可以利用这些已有的知识扫除课外文言文的障碍。

2.明确题型，精准复习。各地高考对文言文的考查方式是不太相同的，不同地区的试卷有不同的题型。例如，北京卷有几道分别考查实词、虚词和文意理解的选择题，大题考查的是翻译、理解、课外对比阅读；而全国卷的选择题考查的是断句、文化常识、文意理解，大题考查的是翻译。所以我们在练习的时候不要做自己所在考区不考的题型，这样会缺乏针对性，复习效率也会受到影响。当然，高一、高二的学生可以做不同类型的题目，也不需要在意题目是哪个考区的，这些同学需要做的是提高文言文阅读的整体能力，而不是主攻答题技巧。

3.练习翻译，下苦功夫。我的高中语文老师屡次强调，翻译需要下苦功夫。多练习翻译可以提高文言文的阅读能力，帮助我们发现不会的地方，在解决了这些问题之后，我们的语感就会提高。高一、高二的学生可以翻译《古文观止》，高三的学生则要多翻译考试中出现的文言文。

三、默写

认真背诵，注意易错点。例如，"授之书而习其句读者""所以传道受业解惑也""非吾所谓传其道解其惑者也"，在这三句话中，第一句中有"而"，但第二句和第三句中没有"而"，这就需要我们重点记忆。同时，默写很占用时间，所以我们不要因为复习默写而影响了其他内容的复习。

四、诗歌鉴赏

如果我们在考试中对诗歌产生了理解上的错误，可能会导致失分、浪费时间等后果。要想解决这个问题，需要我们有广博的见识。在我们做了大量的题之后，我们就会发现古人表达的情感大致有哪些，古人使用的表达手法大致有哪些，这样就更利于我们把诗歌读懂。

具体方法如下：

（1）找题、做题。不太建议同学们单纯地去阅读和赏析诗歌，因为如果不结合具体的题目，单纯地读一读诗歌是不能让我们的水平提高的。

（2）归纳整理。诗歌的要素主要包括手法和情感。通过试题整理，我总结了各类题型的答题模板，比如内容题、鉴赏题、情景关系题、结构题、写作意图题、链接诗评题等。当然，这些题目不见得会全部出现在试卷中，我们只要整理出高频考点即可。

附上我整理的诗歌鉴赏中与"志趣"有关的情感类型。

① 对权势、名利的轻蔑；

② 不为外物所扰，始终坚持自己对人生的看法；

③ 不仕新朝，有气节，坚贞不屈（如"自抱冰魂，海枯石烂"）；

④ 讥讽世俗之人的浅薄和庸俗（如"望尘俗眼那知此，只买夭桃艳杏栽""野鸦无意绪，鸣噪自纷纷"）；

⑤ 不坠青云之志，追求高远（如"孤雁不饮啄"）；

⑥ 不畏艰辛，豪情万丈（如"超遥万里程，燕雀安能量"）；

⑦ 正直，倔强，有高傲的风骨（如"雪满山中高士卧，月明林下美人来"）；

⑧ 坚韧不拔，面对厄运百折不挠（如"独有狂居士，求为黑牡丹"）；

⑨ 对黑暗现实不满，疾恶如仇，想施展抱负（如"男儿身手和谁赌？老来猛气还轩举"）；

⑩ 渴望建功立业，愿意投身于收复失地、保卫国土的事业（如

"何当击凡鸟，毛血洒平芜"）。

回答诗歌鉴赏题的时候想写出像答案那样完美的语言，我们就不能被动等待上天的赐予，而需要自己去总结。

五、名著阅读

1. 记忆细节，原文呈现。在高考中，北京卷考查《红楼梦》的时候需要我们详细地答出人物所做事情的细节，甚至有时候要求我们引述原文。这就需要我们进行系统的复习和整理，如果我们只是粗略地看书，即使完整地看了一遍，也没有什么作用。

2. 把握主题，全面理解。北京卷对《论语》的考查重点是孔子的思想。只有当我们对孔子的思想有了整体把握，我们才能在考试中准确地理解一些没有读过的语句，理解孔子为什么要说这句话，孔子说这句话体现了他的哪个思想，等等。

六、小作文

仔细审题，不漏要点。写小作文的时候，我们需要认真地审题，每一个要点都不能忽视。同时，小作文要写得内容翔实、结构清晰。层次分明的小作文，例如用三个分句形成排比，可以让老师立刻找到你的写作逻辑，这样的小作文容易得到高分。

七、作文

1. 审题不偏，立意精准。审题时要注意题目中的所有材料的共同点，明确材料的指向，而不是只针对材料中的一句话提炼主体。

2. 关注热点，整理素材。实干、奋斗、担当、青年……这些都是当今时代的热点话题，我们也应该根据这些热点去整理素材，将这些素材运用在作文里。我们可以参考网上的一些文章和《人民日报》上的一些时评，并借助一些积累作文素材的相关软件来进行整理。

3.注重文采，优化语言。虽然说高考议论文讲究的是内容和逻辑，但是作为语文考试的一部分，其文采还是很重要的。这需要我们背诵一些适用于不同主题的句子，有的时候这样的句子会使得我们的作文更能吸引老师的注意，从而得到更高的分数。

结　　语

我想用《周易》中的"君子终日乾乾"来结束这篇文章。高中阶段的学习是对学习方法和策略的考验，更是对心态和意志的磨炼。作为学生，我们要勤奋学习，一步一步地前进，让理想照进现实，在梦想的丰饶之海扬帆起航。

TIPS

❶ 掌握考卷特色要求我们多做新题而不是陈年的旧题，因为旧题可能会在出题方法、出题角度等方面和现在的题目有所不同。

❷ 做模拟题的时候我会注意整理各类题型的重点、选择题的设错方向和大题的答题模板。虽然在考试的时候我们并不需要把每个错误选项的错因都写出来，但是在清楚地了解了这些选项的错因之后，我们的做题速度和准确率都会得到提高。

❸ 为了保证考试的时候不发生做不完题的情况，我们需要提前规划每道小题的做题时间。在分板块练习的时候，我们也可以用计时器记录我们做某道题目所花的时间。既使我们在考试的时候遇到某一道题超时的情况也不要慌张，后面的每道题我们都可以少用一些时间，加快速度。

❹ 在各科的学习中，我们当然会遇到不少的问题，除了找老师答疑以外，也可以和同学进行讨论。因为其他同学也可能和自己犯一样的错误，有些同学跨过了这个障碍，就可以帮助大家更好地理清思路，也便于同学们学习水平的提高。

20

让极致的稳定铸就硬核实力

- 学生姓名：刘万香宜
- 录取院系：光华管理学院
- 毕业中学：重庆南开中学
- 获奖情况：重庆南开中学三好学生

  重庆市南岸区四好少年

  第4届"燕园杯"中学生历史写作活动全国三等奖

也许，当自己瞬间成为失去中学校卡的过客，当异乡的灯火照着自己的双眼，有些故事是否会归于岁月的沉寂？但我不甘淡忘，也不会遗忘，因为这三年已然刻入了我的生命之中。

眼底未名水，心有盈盈光。轻抚着录取通知书上"大学堂"的木匾，我不禁回想梦想播种与开花的历程。从儿时暮色初见，三年前夏日游赏，北大暑期与寒假于学堂探秘，到"走进光华"夏令营体验，我一直将北大描绘成美好远方的模样。在整个高中的奋斗史中，北大是我从未动摇的目标。在高中冲刺阶段，北大是我想要逐渐靠近的星辰。

在高中三年，我稳居年级前五，一诊、二诊、高考皆是全市前十，并且每个学科都有实力冲顶。稳定的成绩搭起了我与北大光华的桥梁。我相信，极致的稳定才是硬核实力，其中的法宝就是学而有术与坚持不懈。我也乐意分享这三年在学习中悟得的道与术。

如琢如磨——日常节奏的把握

要想在考试中取得好成绩，少不了日常积累。

在时间规划上，我们要将"按部就班"的学习安排与"独树一帜"的个性化学习相结合。

一方面，在上课和自习时，我们必须与老师"合拍"。专时专用和集中注意力非常重要，多任务同时处理实际上是得不偿失的。比如，我曾在语文自习课上尝试过偷偷赶数学作业，结果不仅错误率高、效率低下，还有很大的心理负担。

另一方面，我们可以自己择时进行刷题训练或总结和梳理知识点。我认为最好是以周为单位，找出一些固定的时间段分配给特定的学科，尤其是高三。也许你会问，随心而动，想到什么学什么，不是更灵活自由吗？殊不知，若无清晰的时间表，我们很容易被繁忙的日程与学校的任务所影响，我们的计划也无法得以实施。如果能够在一个阶段内有固定的学习安排，可以让我们保持学习的连贯性与积极性，我们也更容易保持稳定的学习状态。

在高三下半学期的前半段，我结合学校安排与自身情况自主制订了学习计划。例如，周一晚上针对上周四与本周一的练习对历史学科的相关内容进行整理，主要包括：复盘评讲笔记，分类整理选择题中的错题，背诵大题答案，积累重要概念，梳理常见的考查方式和易混点、易错点。周二与周六我会集中复习数学的重难点，重新做一遍错题。不过，数学特别需要我们保持熟练度，我们每天都要做数学题，而且要一直坚持到高考。周五我会对本周政治与地理的学习内容进行回顾和总结。因为我的各门选科分差较小，我的政治、地理又有一定的优势，再加上我所在的班级刷题频率高，所以我在选科上的耗时较少。

特别值得一提的是，我们要正确对待老师布置的作业。依我之见，一要摆正心态，平心静气地对待这些作业。二要找好优先级，高中作业堆积如山，如果按喜好从头做到尾，会身心疲惫且学习效果一般。因此，我们要优化自己的时间分配，从能让自己受益最大的作业着手。三要注重针对性。在写作业时，我们要先明确学习目的，有针对性地完善思路、流程与细节，以真正提升解题能力。例如，对于数学的解析几何题，在高一、高二阶段，我们要着重通过写作业探索解题方法，以汲取新知；但到了高三的复习阶段，我们应注重在有限的时间内解题，有的放矢地选取解题方法，精准计算，避免在细节处有所遗漏，这样做有助于我们更好地应对高考中的大题。

拔丁抽楔——薄弱板块的提升

书山题海之路并非坦途，学科中的短板常常成为阻碍我们提高实力的"拦路虎"、拖低总分的"无底洞"，因此，我们需要对自己的薄弱学科给予特别的重视。

一、坦然以对，虚心接纳，不急不躁

薄弱的板块主要分两种：一是自己一直没有优势的学科。有的同学会抱怨自己永远学不懂数学，或者认为自己没有地理思维。我们应该认识到，每个人的思维方式与应试方法有一定的差异，存在薄弱学科并不代表自己智商不够或天生不适合学这个学科。二是由强变弱的学科。我就曾质问自己："高一、高二我语文作文还不错，怎么高三退步了？"其实，不同阶段的学习状态与考试的考查要求会有所变化，"风水轮流转"是正常现象。考试命题通常会有一定的规律，这就意味着想要提升薄弱学科是有迹可循的。我们要做的是心怀希望、正视问题、努力解决，比如认真听好评讲课，训练自己正向的、标准的做题思维，倾听老师的针对性建议，等等。

二、精准定位，广析原因，持之以恒

对于自己的薄弱学科，我们一定要从多个维度进行分析，仔细分析自己在什么知识和题型上存在不足。然后，我们要开阔思维，视通万里，尽可能通过多个路径系统地提升自己的薄弱学科。当然，对薄弱板块的学习是一种磨炼，这需要我们有极强的执行力、坚定的信念和不懈的坚持，比如限时的作文训练就曾让我苦不堪言。但"风物长宜放眼量"，我们要舍得将较多的时间和精力分给自己的薄弱学科，不要用一两次测验结果来判断学习成效。由量变到质变的飞跃虽迟必到！

我在高中遇到的两座大山是语文作文与历史选择题。在"喜获"49分的心血之作面前，我曾默默流泪；十五道历史选择题错了八道，曾使我不知所措。语文作文方面，我按"应试技巧—语言—素材"的优先级为提分蓄力，分别进行了考场注意点梳理、好词积累与意象线索梳理、范文摘抄与背诵、月考低分作文重写、分主题素材归纳。对于历史选择题，我以优化做题思维为主，以知识点查漏补缺为辅，反复规范自己的思考步骤，分类进行错题整理，总结每一课自己需要注意的知识点。尽管我时常会陷入迷茫，但在高考前的一个月，我的语文作文都在55分以上，历史选择题也有了明显进步。

沙场点兵——备考突击的细节

风急雨骤，鼓角争鸣，频繁的考试是高中学习生涯的主旋律。要想收获稳定的考试成绩，不仅要有平日的"千锤万凿出深山"，更要经得起备考阶段的不断锤炼。

平日里夙兴夜寐固然可贵，但在考试前期，为了让自己有充沛的精力，我们应逐步调整自己生物钟。我高三一直坚持下午两点十分到校，这是为了应对高考政治下午两点半开考的时间设定。考试前夕，我们也要将晚上的睡觉时间提前，但睡觉过早也不妥当，我一般会比平时提前半小时左右睡觉。

将平时我们学习到的浩如烟海的知识浓缩至两三天进行考查，考试前心态管理的重要性不言而喻。我们要做的首要之事是稳定心态。如果已经考完几科，我们不要让情绪受前几科考试的影响，也不要对之后的考试过度乐观或悲观。尽管说起来容易做起来难，我们依然要尽可能去调整自己的状态，因为心境的变化对考试成绩的影响常常是超乎想象的。有一次月考，由于自己平时历史选择题错误率高，以及对前几次月考的历史成绩不满意，我在历史考试前一天晚上对这次考试产生了一些畏难情绪，看不进去笔记，刷题时也有些急躁，结果那次的历史成绩非常差。

除此之外，备考的关键之一在于有效复习，我们可以回顾自己的基础笔记以查漏补缺，翻看自己整理的题目和重点，反思前几次考试的得与失，通过刷新题来调整自己的状态。当然，我们还要根据每个学科的不同情况灵活处理，比如对于地理，我们就应在考前重点记忆一些常见的地图，比如涉及全球气候、洋流、板块、地形的地图。

淬火弥坚——考试"翻车"的应对方法

考试落幕，"一战成名"的意外之喜常有，"一朝失蹄"的灵魂之痛也无法避免。我自己的成绩虽比较稳定，但依然会有不尽如人意的时候。若一蹶不振，将成大憾。何以穿越迷林，在险境中涅槃？

首先，我们要怀平常心看待考试，相信努力的价值，不夸大考试的意义，不全盘否定自己。回首征途，漫长学习生涯中的一次考试并不能决定一切，哪怕是一诊、二诊等大型联考。一次考试没考好，可能说明现在自己在某些方面暂时没有达到自己的期望，但这不能证明自己一无是处。我在高三遭遇的两次考试失利都恰好发生在关键的阶段。一次在高三开学后，在一个暑假的奋战后，我高三第一次月考总分排名首次掉到两位数，这给了我当头一棒。一次在高考前夕，五月份的月考成绩让我再次刷新了自己高中阶段的最低排名，这次考试也让我经历了黎明前的黑暗。

出现问题后我们要做到的是"探端知绪""睹末察本"，深度剖析考试失利的原因，咬牙再战。我们应当思考这次考试失利是偶然还是必然，是源于内因还是外因，出现的问题是知识上的还是解题方法上的。对于自己做得好的地方，我们要锲而不舍地坚持，不可动摇军心、矫枉过正，尤其是作文的摘抄、整理等习惯。我们积累的内容可能很难命中单次的试题，但从长远来看，这些好的习惯一定会让我们受益匪浅。对不足之处的改变常常充满着痛苦，却也能带来破茧成蝶的奇迹。若考试中出现的是低级错误，我们要尽快总结，坚决规避。我在五月份的月考后就系统总结了数学学习中自己在审题上易出现的问题（如遗漏关键词和限制条件、理解错概率题的题意）和计算上易出现的失误（如正负号、方程移项、分子分母、单位换算）。若是我们的硬核技能存在缺陷，我们不必毕其功于一役，而要怀着平和的心态持续提升自己的能力。当时的我坚信，持续和稳定的训练一定能让自己获得成功，最终我通过努力收获了高考的喜悦。

纵使"正入万山圈子里"，我们也有理由相信，奋斗是最有意义的。对考试失利者而言，"只要走的方向正确，都比站在原地更接近幸福"。

我相信，这些高中所得的心法也将成为我人生的宝贵财富。

揆诸过往，所得可喜；放眼远方，更是可期。我们仿佛身处于博尔赫斯笔下"交叉小径的花园"，学者眼中"颠覆式变化着的世界"。作为经历了疫情的一代，我已然体会到时代的沉重。捧读《人类简史》，我更是嗟叹于历史之难以解释，命运之变化无常。在变局的狂澜中，在人生的路口前，我们能否找到自己的方向，闯出自己的天地？我坚信，我们能够以小舟涉鲸波，以人力迎变数。

在学习中，我们要铸就硬核实力，将优秀进行到底。人生是比学习更大的棋局，更需要永不熄灭的热情、慎思明辨的求索、"惟精惟一"的钻研、"刺破青天锷未残"的坚韧、一以贯之的目标和止于至善的步伐。向阳而生，踔厉奋发，每个人都可以为生命赋歌。

夏信喜至，又启新征。山高水远，愿你我稳泛沧浪、倚梦而行。

☼ TIPS

❶ 我们可以自己择时进行刷题训练或总结和梳理知识点。我认为最好是以周为单位，找出一些固定的时间段分配给特定的学科。若无清晰的时间表，我们很容易被繁忙的日程与学校的任务所影响，我们的计划也无法得以实施。如果能够在一个阶段内有固定的学习安排，可以让我们保持学习的连贯性与积极性，我们也更容易保持稳定的学习状态。

❷ 我们要正确对待老师布置的作业。依我之见，一要摆正心态，平心静气地对待这些作业。二要找好优先级，优化自己的时间分配，从能让自己受益最大的作业着手。三要注重针对性。在写作业时，我们要先明确学习目的，有针对性地完善思路、流程与细节，以真正提升解题能力。

❸　对于自己的薄弱学科，我们一定要从多个维度进行分析，仔细分析自己在什么知识和题型上存在不足。然后，我们要开阔思维，视通万里，尽可能通过多个路径系统地提升自己的薄弱学科。我们要舍得将较多的时间和精力分给自己的薄弱学科，不要用一两次测验结果来判断学习成效。

❹　我们要怀平常心看待考试，相信努力的价值，不夸大考试的意义，不全盘否定自己。出现问题后我们要做到的是"探端知绪""睹末察本"，深度剖析考试失利的原因，咬牙再战。我们应当思考这次考试失利是偶然还是必然，是源于内因还是外因，出现的问题是知识上的还是解题方法上的。

21

让梦想起飞

🧑 **学生姓名：** 王璠

🎓 **录取院系：** 外国语学院

🏛 **毕业中学：** 河南省洛阳市孟津区第一高级中学

我是河南农村的一名普通学生，没有"隐形的翅膀"，我从小就明白，要飞翔，就要靠自己不懈的努力。当同龄人还在父母的严厉管束下不情愿地捧起书本学习时，我的心中就已经有了明确的目标和执着的追求。

我是一个对自己要求比较严苛的人，经常不敢面对失败，从小到大，我也是在无数次跌跌撞撞中成长起来的。记得刚升入高中时，我是全县前十名，第一次月考退步到年级三十多名。我觉得自己考得不好是因为自己没有像初中那么努力，所以每天的课间我都不出去，中午挤时间拼命去刷题、背书，可换来的却是年级五十多名。我实在是搞不懂为什么我的努力换来的竟是这般境地，我也曾一度怀疑自己。父母、老师和同学的鼓励让我逐渐从失败的阴影中走了出来，我开始重新审视努力的含义。

原来，努力从不是低质量的勤奋，觉得自己每天忙忙碌碌，把时间都投入到学习中。忽视放松和调节，忽视勤奋的质量，会让自己陷入自我麻痹的境地。我努力地调整自己的心态，最终在分班后的第一次考试中获得了全年级第一的成绩。在跌跌撞撞的成长中，我也逐渐明白了，影响学习的主要因素并不是学习时间的长短，而是高质量的勤奋和良好的心态。每个人都有自己独特的学习经历和学习经验，我也希望把那些让我受益颇多的学习经验分享给大家。

把每一天都调整为备考模式

一、学会发现考点

当主旋律影视作品大火，《觉醒年代》《理想照耀中国》频频登上热搜，我们会发现其中的台词、名言便是绝佳的语文作文素材。如果我们拿出积累本摘抄其中的几句简短的万能句，就不至于让自己的作文变成流水账。2021 年全国 1 卷的语文作文题便完美印证了主旋律影视作品的威力。"新疆长绒棉"事件，中国疫苗成就……诸如此类的新闻热点都不该只成为我们闲聊时的谈资，我们要深入发掘新闻事件的背景和经过，运用学科思维去发现问题、解决问题，这样我们就能在面对不同主题的作文时掌握主动权。2021 年全国 1 卷的文综提到了"无人机采棉""海陆港""普惠小微企业"等内容，如果在考前就对这些热点有一定的了解和思考的话，就能大大提高正确率。

二、学会整理备考资料

在学习过程中，试卷、学案多而乱，常常会让人头疼，这些资料想找的时候找不到，平时堆在一起看起来又让人心烦。高一刚开学的时候，我像初中的时候一样，做过的资料常常随手一堆，或放在课桌上，或夹到课本里。但高中刚开始有九门课，难度加大，资料的数量和厚度直线上升。常常是老师准备讲卷子了，自己半天还翻不出来。我也在学习的过程中逐渐懂得了整理资料的重要性。我尽量保持当天的卷子当天整理，每两周我会抽出半个小时系统地整理和归纳这些资料。

在高三的时候，对于做过、评过的卷子，我常常只留下有用的。做过一遍后，我会把卷子上的错题、较难的题目和出错的知识点用剪贴或抄写的方式整理到错题本上，其余部分全部丢弃，这样我就能在考前明确复习的重点。在语文学习中积累不同类型的素材、题目模板，在英语学习中积累作文开篇、过渡句、结尾句和高级词汇，我们就能在考试中提高作文的写作效率。整理出属于自己的备考资料既能避免试卷过多、查找困难的问题，也能在考前提高复习效率。我们在考试前常常会陷入很多内容都不会，不知从哪里开始复习的焦虑，当我们拥有了"私人定制"的错题本时，我们就不会那么慌乱了。

三、形成自己的答题习惯

平时做大大小小的练习，我都会给自己限定一个时间，特别是数学和文综。我会随身准备一个小本，做题的过程中如果有疑惑或收获，就可以随手写在本子上，如果有问题，找准机会就去问老师。做完一套题，在纠错之后，我会注重设问与答案的逻辑，而非停留在答案本身。有时候多看看其他人的答题卡，我们也能收获很多。

高三刚开始的时候，地理、政治和历史由单独的三科变为文综，题目数量有所改变，做题时间也有所改变，这让刚升入高三的我一度无法适应，我的文综成绩一直停留在210分左右。文综本来是我的优势，到了高三竟变得平平无奇甚至拖后腿。于是，我就将过去五年所有的文综真题重新做了一遍，深入分析解题思路，将不会的知识点积累起来，将具有规律性的内容总结成模板。文综的所有模板都不是万能的，但学会利用模板也是能提高成绩的，在总结模板的过程中，我们能逐渐形成答题的惯性，使自己的回答逐渐接近正确答案。一味地去模仿教辅资料上的模板，一是会因为紧张而忘记，二是会使我们逐渐丧失独立思考和归纳的能力，每当遇到新的问题就会束手无策。可见，只有形成自己的答题习惯，才能"笑傲考场"。

养成良好的考试习惯

一、调整考试心态

在高考备考阶段，老师给我们放了去年的学长和学姐录制的高考加油视频，我记得他们说得最多的就是调整好心态，可偏偏我就是属于那种考试心态非常差的学生。平时的大考、小考，甚至是周练，如果考得不好，我都会难受半天。记得在高考前一天的晚上，我暗示自己："没什么可怕的，只是一次普通考试而已，快睡吧。"可是我就是翻来覆去睡不着，一直持续到凌晨一两点。考语文的时候，因为是第一科，我的心情很紧张，没有调整到好的做题状态，最后发现写作文的时间不太够了，虽然最后凑够了800字，但远没有达到平时的写作水平。由此可见，心态对我们的影响很大，不仅会影响睡眠、食欲，还会影响做题状态。在高三的时候，我成了"失眠常客"，刚躺下的时候睡不着，直到凌晨两三点才睡着，后来我调理过一段时间，晚上能睡着了，午休又休息不好。虽然我高三一年的睡眠质量不太高，但我也总结了一些促进睡眠的方法。我们可以戴耳塞和眼罩，多运动，放松心情，睡觉前不要过度用脑。不论如何，只有保证良好的心态，才能保证良好的做题状态。

二、重视考试的时间安排

在每次考试之前，我们要针对自身情况对各科的答题时间有一个大致的规划。比如数学选择填空控制在 30 分钟到 45 分钟，文综选择题不超过 45 分钟，等等。考前通常会分发答题卡，在检查缺印、漏印问题后，我们要学会利用答题卡，比如看清语文作文 800 字提示线的位置、数学大题的答题区域、英语作文的行数、每道文综大题的问题数和答题行数。分发试卷后，语文我们可以先看看作文、名句和文化常识；数学可以先看看圆锥曲线题和导数题的难易程度；英语可以先看看作文题目，结合答题卡的行数大致梳理一下自己的思路；文综可以先看看涉及地理、历史选修部分的题目，再看历史小论文。

三、学会调整考试速度

对于选择题，我们要根据难易程度和个人情况调整好自己的答题速度，保证在规定时间内完成。对于自己比较纠结的题，可以先写一个答案，做上标记，做完先涂卡，如果没时间就不要改动了。比如数学的第 12 题和第 16 题，如果在计划时间内未完成，我们要学会放弃，先蒙个答案，不要恋战。对于文综的主观题，每次我们都会有写不完的情况，这就需要我们规划好每道题的答题时间，超过时间就要跳过。如果时间充裕，我们一般可以根据按点给分的原则来回答，对于满分是 10 分的题，一般答五六点就可以跳过。

四、利用考试技巧

在某些时候，我们也要学会利用考试技巧。据统计，高考中英语考试的完形填空的答案一般是有一定的规律的，正确答案中 A、B、C、D 的数量有时是一样的；而在语法填空和改错题中，同一考点一般不会同时出现。在数学考试中，选择特殊值法有时要比正解快得多。在做文综大题的时候，如果时间太紧张，其他的字可以写得潦草一点，但关键词、得分词一定要写得大一些，写得清楚一些。如果遇到刁钻的设问，我们就要试着忘掉所学知识，用普通人的逻辑答题。

这些经验可能是老生常谈了，但它们也是我高中学习生活的积淀，陪我走过了高中三年，让我实现了梦想。希望能有更多的追梦人披荆斩棘，最终步入梦想的殿堂。

TIPS

❶ 努力从不是低质量的勤奋，觉得自己每天忙忙碌碌，把时间都投入到学习中。忽视放松和调节，忽视勤奋的质量，会让自己陷入自我麻痹的境地。

❷ 在高三的时候，对于做过、评过的卷子，我常常只留下有用的。做过一遍后，我会把卷子上的错题、较难的题目和出错的知识点用剪贴或抄写的方式记录到错题本上，其余部分全部丢弃，这样我就能在考前明确复习的重点。

❸ 新闻热点不该只是我们闲聊时的谈资，我们要深入发掘新闻事件的背景和经过，运用学科思维去发现问题、解决问题，这样我们就能在面对不同主题的作文时掌握主动权。

❹ 平时做大大小小的练习，我都会给自己限定一个时间，特别是数学和文综。我会随身准备一个小本，做题的过程中如果有疑惑或收获，就可以随手写在本子上，如果有问题，找准机会就去问老师。做完一套题，在纠错之后，我会注重设问与答案的逻辑，而非停留在答案本身。

无畏学海风吹浪打，
闲庭信步圆梦燕园

- 🎓 **学生姓名**：蔡雨彤
- 🎓 **录取院系**：光华管理学院
- 🏛 **毕业中学**：湖北省宜昌市第一中学
- ⭐ **获奖情况**：2018 年全国高中数学联赛（省级赛区）二等奖
  2018—2019 学年宜昌市优秀学生

对于每个高中生来说，考试都是最令人担忧与紧张的事情，我也不例外，但是只要你平时能够争分夺秒、稳扎稳打，并且以正确的心态应对考试，就能在考场上气定神闲、稳定发挥，不负汗水、不负韶华。我在北大等你来。

以下是我关于高效学习和科学备考的一点经验，我走了很多弯路，所以我在这里真心实意地写下这些文字，希望这些经验可以帮助你们少走弯路，直达梦想的彼岸。

高效学习有妙招

一、利用好碎片时间

我的年级主任曾经教过我一个方法，想要超越别人，就要利用好碎片时间。比如，我从食堂走回教室的时候就会在脑子里想一想有没有什么事情要做，接下来进入教室就可以快速进入状态，而不是随手拿起桌上的某个练习册，没有计划地去写。我还习惯于在跑操的时候想一下有没有什么单词或者古诗词没记住，运动的时候思考这些可以帮助我加深对这些知识的印象。我也喜欢在去上体育课的路上跟同学讨论习题，而不是打打闹闹。当你看着别人都在这些时间玩，而你在思考，你就会有一种无时无刻不在超越别人的满足感，你也会有更多学习上的激情与欲望。同时，我们要正确利用碎片时间。比如，吃完午饭后，教室通常很吵闹，你不应该去做一篇英语完形填空，而是应该练练英语字，或者做一些不容易被打扰的事情。

二、把整段的时间分块

以前我上自习课是没有计划的，也没有将时间分块，以至于我写作业都是以写完为目的，并没有想着提高效率。后来，我把一整节自习课分为小块，在每一小块的时间内逼迫自己完成任务，这也使我的学习效率慢慢提高了。提高平时写作业的速度真的很重要，因为考试的时候时间紧、任务重，而且我们会更紧张，如果平时写作业的速度不快起来，考试时可能会比较吃亏。

三、不要将所有题目都照单全收

除了老师布置的作业外，相信大家也有一些自己的辅导资料，我也是，而且我特别喜欢刷完一整本，一道题也不落下。后来，我发现刷完一整本的题带给我的满足感是要用更为宝贵的时间成本换取的，于是我开始改变策略，专门挑我不会的知识点所对应的题目来做。

大家肯定都知道针对性复习是最好的，但是又有多少人做到了这一点呢？我身边的同学宁愿花两个半小时写完一整套理综卷子，以享受成就感，也不愿意去花一个半小时有针对性地去做题，再花一个小时好好总结自己的弱点与问题。

四、考试之前去老师的办公室，而不是考试之后

考试之后，你能保证以一个平静的心态去面对自己的错题吗？有时候我因为考得比较差被老师叫去办公室，那时候我甚至看到错题和分数就会掉眼泪，老师讲什么也没听清楚。考试之后去办公室问问题，思维很容易被悲伤或愤怒的情绪打乱，这时候的你并没有真正搞懂它的欲望，所以我觉得在一个内心平静的时间段去找老师是最好的。考前去找老师既能让你直面问题，真正解决问题，又有利于你的心理建设，从而更好地应对考试。

五、组建学习小组

一个人学习既累又没有动力，但是两个人一起学习或多人一起学习就不一样了。很多学校都组建了学习小组，但是只是流于表面，没有真正落实，只有自发组建的学习小组才会产生好的效果。你可以找一个总分和你差不多，但在学科上和你互补的同学组成学习小组，这样的效果是最好的。

我和我们这一届的一位非常优秀的同学（目前在北大数学科学学院）就组建了学习小组，每个星期我会给他提供我从网上找来的优秀作文，以及我做过的好的语文题目和我的语文笔记，他给我提供他写过的理综卷子。这样我就省下了写一套卷子的时间，直接看他的错题就行了，大家互帮互助、各取所需。

你也可以组织全班进行好题分享，这个活动我们班的化学老师一直在做，同学问过她的好题目她都会展示出来给我们讲解。很多人都会觉得这样做很麻烦，但是我相信这对全班同学的学习都是有帮助的。

关于考试，你需要知道这些

一、不要因为成绩不理想而否定自己

当你上一次考试考得比较差，你可以悲伤，但是不要失望。悲伤是因为你利用好了考试的每一分、每一秒，但是你还是做错了一些题，没考到你想要的分数；但是你不能失望，因为不管你是由于智力因素还是非智力因素做错了题，你都找到了自己学习上的不足。

我的班主任讲过一个体检的例子，当你去医院体检并且查出了问题，那可能很糟糕，但更糟糕的是你的医生是个水货医生，告诉你你没有病。我们不能因为考试失利而对自己失望，一旦我们陷入这种情绪，下一步就会自我怀疑，下一次考试前我们会畏畏缩缩，无法发挥已有的实力。

二、不要把期望值定得太高

如果上一次考试考得好，我们不要一下子把期望值提得太高。某一次语文考试我考了 137 分，那次的考试成绩前所未有的高，所以以下一次考语文的时候我总想着去达到这个目标。这就导致我考试的时候犹犹豫豫的，不敢写，写作文的时候也慌慌张张的，最后作文写得很烂，成绩很不理想。

考试的时候你一旦设定了很高的期望值，你就会在考试时给自己扣分，给自己的分数做减法，某一道题不会做就扣几分。那样会使你没有办法全身心地投入考试中，而是把时间和精力浪费在计算分数是否能达到自己的期望值。但是如果你没有设定一个很高的期望值，考试的时候你就会为你的分数做加法，做了多少题就能得多

205

少分。一个是做减法，一个是做加法，很明显，后者更有利于考试发挥。再者，期望值是一点一点提高起来的，没有谁可以在分数上"一夜暴富"。

三、拒绝迷信，相信实力

同学们在考前不要相信迷信。我们可以自己做一些心理建设，增强自信心，但没必要把时间花在转发迷信微博和迷信说说上（我见过有些同学在考前转发了几百条）。如果你考前特别迷信，效果会适得其反，比如考试那天早上下雨了，你会想这是不是一种不好的征兆，并为此忧心忡忡。还有些同学坚信自己的分数会保持"一次好一次坏"的规律。万一你高考前的那一次考试考好了怎么办？你又不能要求学校再考一次，然后故意考得很差。

还有一些同学喜欢考前互相"拜一拜"，觉得这么做可以"吸分"。如果你去"吸"别人的分，你可能借此增长了一些自信，但是被你"吸分"的同学的心理阴影应该会很大。我身边的一些同学尝试过以上的迷信做法，但最终我发现最好的做法就是"不信谣、不传谣、不恐慌"。所以，请大家停止以上做法，坚持科学备考，这样才有利于发挥。

四、戒掉不利于高考的所有习惯

你喜欢考试的时候频繁看表吗？你喜欢在英语听力的时候抽空写填词和短文改错吗？你喜欢一拿到卷子就开始写吗？你喜欢考试的时候一不会做就安慰自己"不要紧，反正不是高考"吗？这些习惯我都有，而且我整个高三一直保持着这些非常不利于高考的坏习惯，以至于高考的时候我会习惯性地频频抬头看表，甚至引起了监考老师的怀疑，我听力考试的时候也因此听错了一个。在高考的时候，我在一道数学的导数题上卡了壳，我却不知道如何安慰自己，因为我知道自己面对的就是高考试卷。一切考试都是在为高考作准备，同学们要在平时的考试中慢慢戒掉这些不好的习惯，这样大家才能在最后的高考考场上做到气定神闲，稳定发挥自己的水平。

五、前期明确目标，考前淡化目标

我实在是太想进入燕园了，疫情期间在家学习的时候，每当夜深人静、灯火阑珊之时，面对着眼前的孤灯一盏，面对着我在文具盒、书架、台灯上写下的"北京大学"四个字，我甚至有些热泪盈眶，觉得自己的努力都是值得的。是前期明确而强烈的目标意识督促着我进行学习方法上的思考，激励着我不断完善自己的学习系统。但是临近高考的时候，我开始害怕高考失利，害怕自己与坚持了这么久的梦想擦肩而过，这个时候我的班主任告诉我要淡化目标意识，在考试的最后阶段重视过程。因此，我开始专心投入冲刺阶段中，不过多思考这些令人恐惧的事情。在高考的最后阶段，我淡化了自己的目标，全身心投入备考中，因此，我比别人多了一分气定神闲，多了一分底气，这也使我能轻松面对高考，圆梦燕园。

以上是我高中三年学习中通过无数次大大小小的考试摸爬滚打摸索出来的一些学习方法，这些方法有的听起来可能非常的无趣，但是在高三，请把自己变成一个无趣的人吧，毕竟虽然他人觉得你无趣，但是你自己会乐在其中。

最后，送给大家一段话："青年当有上青天、揽明月的逸志，也应有挥斥方遒、指点江山的意气，更该有十年饮冰、难凉热血的毅力。"希望大家能够从上面的学习方法中学到一些东西，怀揣着少年意气，迈入燕园。

TIPS

❶ 我把一整节自习课分为小块，在每一小块的时间内逼迫自己完成任务，这也使我的学习效率慢慢提高了。提高平时写作业的速度真的很重要，因为考试的时候时间紧、任务重，而且我们会更紧张，如果平时写作业的速度不快起来，考试时可能会比较吃亏。

❷ 考试之后去办公室问问题，思维很容易被悲伤或愤怒的情绪打乱，这时候的你并没有真正搞懂它的欲望，所以我觉得在一个内心平静的时间段去找老师是最好的。考前去找老师既能让你直面问题，真正解决问题，又有利于你的心理建设，从而更好地应对考试。

❸ 一个人学习又累又没有动力，但是两个人一起学习或多人一起学习就不一样了。你可以找一个总分和你差不多，但在学科上和你互补的同学组成学习小组，这样的效果是最好的。

❹ 当你上一次考试考得比较差，你可以悲伤，但是不要失望。悲伤是因为你利用好了考试的每一分、每一秒，但是你还是做错了一些题，没考到你想要的分数；但是你不能失望，因为不管你是由于智力因素还是非智力因素做错了题，你都找到了自己学习上的缺陷。

"梦想北大丛书"简介

　　"梦想北大丛书"是北京大学招生办公室从考取北大的新生及新生家长的应征稿件中精选的佳作，书中的文章讲述了学生学习成长以及家长教育孩子的故事，主要内容包括：真实而全面的成功求学经验、学习方法改善、备考经验指南、竞赛备战方法、负面情绪调节、成长经验分享等，为广大中学生及其家长提供了学习和教育方面可供借鉴的案例。为了保证本套丛书的质量和水平，北大招生办公室组建了丛书编委会，由校领导、北大知名教授、考试专家、招生专家、招办领导等组成。丛书由北大招生办公室组织编写，北大招生办公室主任担任主编。

　　经过多年的出版和发行，这套丛书已经在全国基础教育领域有广泛的影响，受到很多学生和家长的欢迎。《中国教育报》、新华网、人民网、新浪网、腾讯网、中国教育新闻网等媒体都多次报道过这套丛书，全国各地媒体还发布了大量书讯、书评和内容连载。围绕本套丛书开展的系列分享讲座在全国各地中学成功举办，取得了良好的社会效果和广泛影响。

扫码了解丛书详情

扫码了解本系列更多图书